舞姬

［日］川端康成 著

后浪 插图版

竺祖慈 译

四川人民出版社

目录

皇宫的护城河	1
母亲的女儿与父亲的儿子	24
半梦半醒	55
冬之湖	89
爱的力量	113
隔山之处	146
佛界与魔界	179
往事深沉	207

关于《舞姬》的解说   231

皇宫的护城河

十一月中旬,东京的日暮时分在四点半左右。

出租车发出难听的声音停下时,车后冒出黑烟。

这是一辆后面装有炭草包和柴禾包的车子,还挂着一个变形的旧铁桶。

后面的车子在按喇叭,波子回头望了一下说:

"可怕,我怕。"

说着耸耸肩,朝竹原身边靠了靠。

她把手举到胸前,像是要去遮脸。

竹原发现波子手指颤抖,觉得奇怪。

"什么……你怕什么?"

"要被发现了,好像被发现了。"

"啊……"

竹原狐疑地看着波子。

车子由日比谷公园后面进入皇宫前的广场,停在一个交叉路口的正中央,这条路平时就车水马龙,现在又正值下班高峰,所以他俩的车后停着两三辆车,左右车流不断。

　　堵在后面的车倒车时，车灯射进两人的车里，映得波子胸前的宝石熠熠生辉。

　　波子黑色套装的左胸前别了个胸针，呈细长葡萄形，藤蔓是白金，叶是暗绿色宝石，几粒果实则是钻石质地。

　　与珍珠项链搭配的则是珍珠耳环。

　　不过，耳上的珍珠被头发遮得几乎难以觉察，而颈上的珍珠也因白色外衣的蕾丝花边而不太显眼。蕾丝乍看像是白色，其实也许带着些许珍珠色。

　　这蕾丝花边一直延及胸部以下，质地柔软高档，反倒增添了一种与年龄相称的气质。

　　领子也有同样的蕾丝花边，花边没有明显的凸起，从耳朵下方部位开始形成荷叶边，褶皱越往前则弧度越深，在她纤细的脖颈前形成了柔和的波状。

　　微明中，波子胸前宝石的闪烁像是也在对竹原诉说着什么。

　　"什么发现不发现的？在这种地方，谁会发现？"

　　"矢木……还有高男……高男是他的乖儿子，监视着我呢。"

　　"你先生不是在京都吗？"

　　"不知道，而且也不知道他什么时候回来。"波子摇头说，"都怨你让我坐这种车，你从来都是这样。"

　　但是车子又启动了，带着难听的声音。

"啊,开动了。"波子嘟囔道。

交警也看到了这辆在交叉路口正中央喷黑烟的汽车,却没有过来责罚,可见车子停留时间极短。

波子把左手放在脸颊,仿佛恐惧还留在脸上。

"你怪我让你坐这种车……"竹原说,"那是因为你推开人群逃出公会堂时太慌张了。"

"是吗?我自己倒没觉得,不过可能确实是这样。"波子低头,"今天我出门时就突然想起要戴两个戒指。"

"戒指?"

"是的,因为是我丈夫的财产……万一遇见了,矢木会高兴的,因为觉得自己不在家的时候宝石还在,不曾丢失。"

波子说话间,车又发出难听的声音停住了。

这回司机下了车。

竹原看着波子的戒指说:

"你戴着这些宝石,是为了被他发现时做准备吗?"

"也没那么明确……只是临时起意吧。"

"真没想到。"

波子却似乎没有听见竹原的话,说道:

"讨厌,这车……会有坏事发生的,可怕。"

"烟冒得厉害。"竹原也看着后窗,"好像在打开缸盖点火呢。"

"真是地狱之车。咱们不能下车步行吗?"

"那就先下车再说吧。"

竹原好不容易打开了车门。

这是在通往皇宫前广场的护城河桥上。

竹原走到司机身边,回头对波子说:

"你急着回去吗?"

"不急。没关系。"

司机拿着一根旧的长铁棍插到汽缸肚里拼命转动,大概是在打火。

波子低头看着河水,像是在避人目光,但见竹原走近,便说:

"今晚家里大概只剩品子一人了。每当我回家晚了,那孩子总是泪汪汪地问我去了哪里,为啥晚回来,一副担心的样子,不会像高男那样监视我。"

"是吗?但你刚才关于宝石的那些话让我感到奇怪,宝石本来就是你的东西,何况你家一直都是靠着你的能力才有今天这种日子的吧?"

"是的呀,尽管我也谈不上有什么能力……"

"不可理解。"竹原看着波子那种无助的样子,"我难以理解你先生的想法。"

"这就是矢木家的家风呀,自打结婚以来一成不变,习以为常,你不也早就知道的吗?"波子继续说,"也许结婚前,从我婆母那一代开始就这样了。矢木的父亲很早就去世，婆母一人把矢木送进了学校，所以……"

"如今情况不一样了，况且战前靠你的陪嫁就能过上舒服日子，现在已不是这样，矢木也应心知肚明的。"

"虽说明白，却又因为人都背负着各自的悲伤——矢木是这么说的——由于悲伤过重，在其他事情上就会知而不明或无可奈何了。我想我自己也是这样的。"

"好像说不通，虽然我不知道矢木的悲伤是怎么回事。"

"战败毁灭了矢木心中的美——他是这么说的——他自己就是旧日本的亡灵……"

"凭着这种亡灵之类的牢骚怪话，就可以无视你对家庭付出的辛苦了吗？"

"倒也不是无视，只是因为担心坐吃山空而走投无路，所以才监视我的一举一动吧。为了一点小钱就斤斤计较，我真担心到了一无所有时他想自杀呢。"

竹原也有点发怵，说：

"你就是因此而戴着两个戒指出来？矢木还没到亡灵那一步，你倒或许已被什么亡灵缠身了，可是，作为父亲的乖儿子，高男是如何看待父亲这种怯懦的态度呢？已经不是小孩了吧。"

"嗯，好像挺烦恼的。在这一点上他是同情我的，看见我在工作，也说要辍学去打工，但那孩子一直是把父亲作为学者而绝对敬重的，我真怕一旦对父亲产生了怀疑，他会变成怎样。不过，在这种地方谈这种事情，已经……"

"是的，我一直尽量平静地听你说，却又不忍见你刚才那副害怕矢木的样子。"

"对不起，已经没事了。我的恐怖症常会发作，像是癫痫或歇斯底里之类……"

"是吗？"

竹原狐疑地说。

"真的。我受不了停车，现在已经没问题了。"波子抬起头来，"晚霞真美啊！"

她项链的宝石上似也映着霞光。

接连两三天都是午前晴天，午后便有了薄云。

云层真的很薄，落日时分的西边天空中，云溶入了夕霭之中，而夕霭与晚霞之间色彩的微妙搭配，却又似是云的缘故。

晚霞如烟一般挂在空中，天空还裹着昼间的余温，让人觉得暖暖甜甜的，然而已有秋夜的寒气开始穿行其间，连晚霞的暗红色也给人这种感觉。

暗红色的天上，有的地方是浓浓的朱红，有的地方是淡红，此外有少数淡紫和淡蓝的地方，还有其他更多的颜色，与暮霭融为一体，看似静静地悬而不动，那些色彩却又似马上就会移位甚至消失。

于是，皇宫森林的树梢间剩下了一段细细的蓝天，就像一条缎带。

这蓝天不带一点晚霞的色彩，在黑沉沉的森林与红通通的晚霞之间形成了一道清楚的界线。这细细的蓝天从远处望去，显得静谧、澄澈而又伤感。

"晚霞真美！"

竹原也说，其实不过是在重复波子的话。

他仅是在意波子的感受，因而觉得晚霞是美的。

波子继续望着天空说：

"马上入冬，有晚霞的日子就多了，晚霞容易让人想起儿时，你说是吗？"

"是……"

"冬天虽冷，我却在门口看晚霞，结果挨骂，说是会感冒的。啊……我有时虽会觉得自己呆望晚霞是不是受了矢木的感化，其实自小就是这样的。"波子说着回头对着竹原，"不过还是有奇怪的地方：刚才日比谷公园入口处前有四五株银杏树，公园的出口处好像也有四五株银杏，同样的树并排立在那里，黄叶的深浅却有所不同，树叶凋落的多少也不一样，难道连树木的命运都如此各异吗……"

竹原默然。

"我正在想着银杏树的命运，恍惚间就被咔哒咔哒的停车声一惊，于是害怕起来。"波子说着去看汽车，"好像还没修好。站在车旁会被人看见，还是去路对面等吧。"

竹原去跟司机打招呼，付钱时回头一看，波子已在横穿马路，留下一个亮眼年轻的背影。

护城河尽头的正面是麦克阿瑟的司令部，屋顶先前还挂着美国国旗和联合国会旗，再一看时已不见踪影，大概是正赶上了降旗时分。

同时，司令部东边的上空，薄云在高处飘散，晚霞也已不见。

竹原知道波子易动感情，此时看着她轻捷的背影，觉得如她自己所说，"恐惧发作"现象大概已经消失。

他也过街，轻声说道：

"见你优雅地横穿车流，不愧是舞蹈的节奏。"

"是吗？是在嘲笑我吗？"然后波子犹豫了一下又说，"我也开个玩笑行吗？"

"跟我？"

波子点头后又低头。

司令部白墙的正面倒映在护城河中，水面还倒映着司令部的窗灯。

但是建筑物的白影渐逝，眼见水面只留下了灯影。

"竹原，你幸福吗？"

波子喃喃地问道。

竹原回过头来，却沉默不语，波子的脸便红了，说：

"你现在已不再对我说这话了。从前曾这样问过我多次。"

"是的，二十年前了。"

"你有二十年不曾问我,所以这次就由我来问了。"

"你就是用这来笑话我?"竹原笑了,"因为现在我不问也是知道的。"

"从前不知道吗?"

"从前好像是明知故问。对于幸福的人,大概是不会问他是否幸福吧。"竹原说着,边朝皇宫方向走去,"我觉得你的婚姻是错误的,所以婚前婚后都会问一下。"

波子点头。

"但那是什么时候的事了,是西班牙女舞蹈家来的时候,你结婚第五个年头吧,我们在日比谷公会堂偶然相遇,你坐在二楼前排的招待席,你的舞伴和你先生都在,我在后排像躲起来似的,但你一看到我就落落大方地上来坐在我旁边,然后再没离开。我怕让你先生和朋友觉得不好,劝你回到原来的座位,你却要我让你坐在旁边,还说你会老老实实不说话的……你就这样一动不动地在我旁边坐了两个小时,直到散场。是这样吧?"

"是的。"

"我很惊讶。矢木不大放心,时不时地往我们这边望,你却不下去。当时我很困惑。"

波子突然站住,于是落后了竹原一步。

皇宫广场的入口处,一块告示牌映入竹原眼帘:

"此公园属于大家,务请各位保持公园的清洁。"

"这儿也是公园？成了公园吗？"

竹原读着厚生省国立公园部的告示，说道。

"战时我家的高男和品子还是小小年纪的初中生和女学生，就从学校过来搬土除草。一说要去宫城前，矢木就要他们用冷水洁身。"

"那时的矢木大概就是这样的。这宫城如今也不叫宫城而叫皇居了吧。"

皇居上空晚霞的色彩已经很淡，一层灰色铺展开来，倒是相反方向的东边还留着白昼的光亮。

但是皇居森林边沿那条细细的蓝天仍未消失，带着铅灰色，变得更加深沉。

森林中有三四棵略微高出的松树指向那条细细的天空，在晚霞的余晖中画出松树的黑色身姿。

波子边走边说：

"天黑得真快，出日比谷公园时，议事堂的塔还被染成一片桃色呢。"

国会议事堂已被暮色笼罩，上面有红色的灯光在闪烁。

右手方向的空军司令部和总司令部的屋顶上也同样有红灯闪烁。

总司令部的窗灯越过护城河堤上的松树依然闪烁可见，松树下还可见到几对幽会者的灰暗人影。

波子踯躅不前，竹原也看到了幽会者的清冷剪影。

"太冷清了。咱们绕到对面去吧。"

波子说道。两人折返。

看到幽会的人影，他俩应该都意识到自己也在以幽会的形式漫步。

竹原是在送波子去东京站的途中因车子故障而下车走走的，但起初是波子打电话约他去听日比谷公会堂的音乐会，所以从一开始无疑就是幽会。

可是，他俩都已年过四十。

谈往事也就成了谈爱情，商量波子的事情便是倾听爱的诉说——这样的岁月在他俩之间流逝，既是两人之间的牵连，也是两人之间的阻隔。

"你刚才说自己当时很困惑，那是为何而困惑呢？"

波子以竹原的话作为话题问道。

"嗯，当时……我还年轻，所以困惑于如何判断你的心理。你把矢木晾在一边，一直坐在我身边，这实在是一种大胆无畏的举动，我不知你为何会如此果断，但再细想，你以前就有过激情迸发、令人惊愕的时候，这次也大概是如此。我的想法没错吧？"

"你刚才说自己是'发作'，但如果说那个时候和刚才都是感情的发作，两者之间是截然不同的，当时能够无视在场的丈夫，今天却对理应远在京都的丈夫那样恐惧……"竹原说，"当时咱俩若能一起悄悄走出公会堂溜之大吉，那该多好。我那时还没结婚。"

"可是我已有了孩子。"

"但是更重要的也许是因为我当时错误地执着于你的幸福之类，我作为那个时代的年轻人，被灌输的信念是：女人一旦结婚，她的幸福只能在婚姻中去寻求了。"

"如今还是这样的呀。"

"既是这样，又不是这样。"竹原声音不大，语气却坚决，"但是，当时你之所以能离开矢木坐在我身边，那也是因为你的婚姻幸福而平和吧。你对矢木信赖、放心，所以放任这种感情的表露。我当时也是这样认为的，你只是因为看到我后突然有了一种念旧之情。你并未因为来我身边而对矢木有愧疚之心。即便如此，奇怪的是你一直坐着不动，一言不发，令我不敢看你一眼，不敢朝你侧过脸去。当时我是很困惑的。"

波子默然。

"矢木的外表也令我困惑。见到那样一个温厚的美男子，谁都难以想象他太太会不幸福，都会觉得若不幸福，定是太太不好。如今大概仍是如此。前年还是大前年，我租住在你家偏房时，有一次听说你家没钱交电费，我把自己的工资袋给你，你泪汪汪地说这工资袋居然还没启封……还说自结婚以来，从没见过丈夫的工资……当时我很吃惊，但首先想到的还是大概因为你过往的做法有所欠缺。矢木给人的印象就是如此了不起。何况从前别人走过你俩身边，都会回头注视的吧？即便我觉得你俩的婚姻从一开始就是错误的，却还是因为怀疑自己的眼光，所以才会问你是否幸福。你不做回答，我觉得也是理所当然的。"

"你不也没有回答我的问题吗？"

"我吗？"

"刚才应该是我问你的。"

"我们属于平凡的一类。"

"难道有平凡的婚姻吗？你是在骗人。所有的婚姻都各有其非凡之处。"

"但我不是矢木那种非凡的人，所以……"

竹原想岔开话题。

"不对。即使看看我的同学，也大抵都是这样，并非说婚姻因为人的非凡而非凡，即使是两个平凡的人走到一起，他们的婚姻也会变得非凡。"

"高见。"

"又说'高见'了。什么时候成你口头禅了……就像老年人那样尽打岔，讨厌不讨厌？"波子轻轻地一扬眉毛，窥视了一下竹原的神情，"总是我让你听我家里的事。"

她主动转换了话题。

尽管急切地想要追问，波子却仍无法进入竹原家庭的话题。

"那车还是只冒烟不动弹。"

波子笑着说。

日比谷公园的上空升起了月亮，时值初三或初四，月亮那弓形不偏左也不偏右，端正地挂在云间。

两人来到护城河上，驻足望着水中的灯影。

司令部的窗灯从正面投下的灯影在水中摇曳，右岸的一排柳树、左手不太高的石崖以及上面的松树则在灯影的旁边投下暗影。

"今年中秋是在九月二十五六号吧？"波子说，"报纸登了这里的照片，司令部上空的满月……也有这样的灯影，一排窗户射出的灯光在水中映成光条，光条上更有一道光影，那好像就是中秋月的影子。"

"从报纸上的照片能看出这么细致的情景吗？"

"是的。虽像是明信片上的照片，却给我留下了印象。那像是城墙的石崖以及松树都拍下来了，所以照相机大概是放在那边柳树间的。"

竹原感到了秋夜的凉气，像是催促波子离开似的先迈开了步子，边走边嘀咕道：

"你对孩子也这么说吗？会让他们变得脆弱的。"

"脆弱……难道我就只有脆弱的一面？"

"品子在舞台上是个强者，但以后若像母亲那样就麻烦了。"

过了护城河往左拐弯，一群巡警从日比谷方向走来，他俩只能看见他们皮带上金属扣的闪亮。

波子避到一旁，靠向竹原，要抓住他的胳膊。

"所以希望你能帮助和保护品子。"

"比起品子来，你更……"

"我不是得到你很多帮助了吗？我能在日本桥有自己的排练场，也是靠你的帮助……再说，如今你对品子的保护就是对我的保护。"

波子避开巡警的队伍，走到岸边的柳树旁。

垂柳的细叶几乎尚未凋落。

电车道两侧悬铃木的情况却不一样，靠他俩一侧的树上黄叶尚在，另一侧同样的悬铃木却已树叶落尽，完全成了裸树，或许是因为那边的树在公园的缘故吧。仔细再看，那些树叶大致落尽的树是与一些绿叶尚存的树木夹杂在一起的。

竹原想起了波子所说的"连树木都命运各异"。

"如果没有战争，品子现在大概正在英国或者法国的芭蕾学校跳舞呢，我也许会陪她过去的。"波子说，"那孩子最可贵的学习年华就这样虚度了，那是无可挽回的呀。"

"品子还年轻，今后还是……但你自己也在考虑如何摆脱这种情况吧？"

"摆脱……"

"摆脱婚姻……离开矢木逃去外国。"

"这个嘛……我是只考虑品子的事情，为她而活着的……现在仍然如此……"

"躲到孩子那里——母亲的逃脱方式。"

"是吗？我觉得自己的情况更极端，已近于痴狂了，因为让品子成为芭蕾舞蹈家是我还没实现的梦想……品子就是我，我们常常弄不清究竟是我为品子牺牲还是品子为我牺牲，反正都无所谓了。想到这，就似乎看到了自己能力的有限和无助。"波子无意中低下了头，"啊呀，有鲤鱼，白色的鲤鱼！"

她盯着河面大声说道，拨开垂在脸上和肩头的柳枝。

来到日比谷的交叉路口，护城河也在这里转了个弯。

转角处的水中有一条白鲤一动不动，不浮不沉地停在水的当中。因为是拐角处，所以有垃圾漂集，而且唯有此处可见浅浅的河底，水底沉有落叶，但也有悬铃木的落叶像鲤鱼一样在水的当中一动不动。波子从身上拂落的柳叶漂散在水面，淡黄色的河水静然不动。

借着司令部的窗灯，竹原也凝望着鲤鱼，但很快又后退几步，怔怔地去看波子的背影。

波子的黑裙自上而下地收窄，勾画出自腰到腿的曲线。

这曲线竹原从青春时期就在波子舞蹈时见过，让他怦然心动。这种女性的线条至今未变。

可是，波子如此动人的背影却在凝望黑夜中护城河里的鲤鱼，这让竹原无法理解，难以忍受。他厉声叫道：

"波子，这种东西你还要看到什么时候？别看了。你竟会让这种东西吸引，不像话。"

"为什么呀？"

"一条这么小的鲤鱼，谁都不会去看，你却被它吸引，所以……"

"即使谁都不注意,谁都没发现,但这鲤鱼是实实在在地在这里的。"

"你就是这样的人,会去注意一条孤孤单单的鱼儿……"

"也许是的。可是,在一条大护城河中,它却机缘巧合地在人来人往的拐角处静静地待着,这难道不奇怪吗?经过的路人都没注意,日后即使我跟谁说起这鱼,也不会有人相信吧。"

"这是因为发现它的人不寻常……或许是因为希望被波子看见,鱼儿就过来了。孤独者的同病相怜呀。"

"是的,这鲤鱼对面的河中央还立着'爱惜鱼儿'的告示牌呢。"

"嚯,不错,没写'爱惜波子'吗?"

竹原笑嘻嘻地去看河水,像是在寻告示牌。波子也笑着说:

"在那儿。你没看到告示牌吗?"

一辆美军巴士开过他们旁边,车上都是美国人,有男有女。

停在人行道旁边的一排美制汽车也相继启动。

"在这种地方与鱼相见相怜,你真够呛。"竹原又说,"你的这种性格也该改改了。"

"是的,为了品子。"

"也为你自己。"

波子沉默少顷，淡定地说：

"虽不是完全为了品子，但我已决定要把家里的偏屋卖了，因为是你租住过的，所以想先跟你说一声。"

"是吗？那我就买下吧，万一以后主屋也想卖时，也许就比较方便了。"

"啊？你是突然做出这种判断的吗？"

"对不起。"竹原表示歉意，"我这捷足先登有点失礼了。"

"不。总有一天就会如你所说，主屋也会要卖的。"

"到那时候，主屋的买家肯定会介意偏屋住着什么样的人。虽说是偏屋，但跟主屋在一起，说话声都能互相听到，所以以后主屋或许难卖的。我先买下偏屋，待你要卖主屋时，就可一起给我了。"

"哦……"

"不过，既然要卖偏屋，何不把四谷见附的废墟卖了，已经杂草丛生，徒剩断墙了吧。"

"欸。不过我想在那里建品子的舞蹈研究所，将来……"

竹原本想说根本没有这个可能，却又改口说：

"也不一定要在那里吧，建造时可以再找更好的地方。"

"也许如你所说，但那块土地上寄托着我和品子的舞蹈梦。我年轻时，还有品子自幼时的舞魂都在那里。我永远都能在那里看到各种舞蹈的幻影。那块土地不能交给别人。"

"是吗？那就不要单卖偏屋，真到那时就把北镰仓的整块房地产打包一起卖了，再去四谷见附把研究所和住房一起建起来，你看如何？这看来是可行的，我的工作如果能保持现在的状态，还可以尽点微薄之力。"

"我丈夫毕竟不会答应的。"

"这就要看你的决心了，如果不做这样的决断，研究所是不容易建成的，我觉得现在正是机会，否则坐吃山空，以后啥都留不下来。听说很多人正为没有好的排练场而苦恼，现在若能建起一个相当高水平的研究所，会有其他舞蹈家也来使用，这不就解决了品子的问题吗？"

"他不会允许的。"波子无可奈何地说，"即使跟矢木说，他照例只会嗯一声，然后便做出沉思状。以前我倒认为他确实是个深思熟虑的人，其实呢，就是嗯嗯啊啊，做出一本正经的样子，此刻就是在玩心眼了。"

"真会这样？"

"我觉得是的。"

竹原回头去看波子，波子迎视着他的目光说：

"不过，你也让我觉得奇怪，无论跟你商量什么，你都是立刻做出判断，从没有过犹豫。"

"是吗？要么是因为我对你不存城府，要么因为我就是个俗人。"

波子的目光没有离开竹原的面孔，说：

"但你要买我家的偏屋，究竟有何打算呢？"

"这我倒还没考虑呢。"竹原半开玩笑地说，"我几乎是被矢木客客气气地赶出那个偏屋的，如果我能买下住进去，就可报复他了吧。不过，矢木大概不会卖给我的。"

"那就要看矢木怎么想了。或许他算盘一打，出人意料地就卖了呢。"

"矢木不是个会打算盘的人吧？算盘好像一直是由你来打的。"

"是呀。"

"不过如你所说，矢木或许会卖给我的，因为他是个做梦也不会将妒意放在脸上的绅士……如果他不肯卖给我，会被别人认为是吃醋，这是他不愿意的吧。可是，你俩之间到底有没有妒忌存在呢？互相都不露丝毫妒意，在旁人看来，总觉有点可怕，似乎是风暴之前的平静……"

波子沉默不语，心底却一阵寒意。

"我说要买你家偏屋，虽然并非出于什么深谋远虑，但时不时地在那偏屋出现，让矢木觉得扎眼，倒也是挺有趣的。我想把矢木那副君子嘴脸扒下一次看看……然而，相比挑起他的妒意，我更担心会让你受苦，若真如此，我以后就不能心安理得地再出现在你俩身边了。"

"不管你身在何处，我的痛苦都是一样的。"

"为我而苦吗？"

"既为你，也为其他事情。我们刚才说到卖房去建舞蹈研究所，这于女儿固然是件好事，但对高男来说又如何呢？高男是个模仿性很强的孩子，渐渐地越来越像他父亲。设身处地为他想一想，或许也是情有可原的——我全身心地为品子的芭蕾着想，高男往往就被置于姐姐的阴影中了。"

"是呀，这可大意不得。"

"再加经纪人沼田一味地离间我们四人，甚至离间我和品子……他大概是要我们分崩离析，然后把我当玩物，再吃掉品子。"

对岸柳树间也插着"爱护鱼类"的告示牌，大概因为司令部正前方的窗灯很亮，所以唯在此处可以比较清楚地看到对岸松树和这边一排柳树在护城河中的倒影。

窗灯甚至在对岸石崖的一角都投下了朦胧的光亮，石崖上还闪烁着幽会男子吸烟的火光。

"可怕。刚才经过的那辆车上坐着矢木……"

波子又不由自主地端起了肩膀。

母亲的女儿与父亲的儿子

矢木元男带着儿子高男走出上野的博物馆。

父亲在石造玄关的正中处站下。似乎是因为公园的群树恍恍惚惚地映入他那已看累了古代美术作品的眼中,让他不由自主地停下脚步。留在他脑中的是古典美术,大自然却让他的眼前焕然一新。

父亲微张着嘴,轻松地望着公园,高男则从一旁望着父亲。

父子长相酷似,但儿子比父亲矮,属于瘦削类型。

二十来天没见的父亲在儿子眼里是了不起的。

他俩是在雕塑作品展室相遇的。

矢木从二楼下来刚进雕塑展室,便看见高男站在兴福寺的沙羯罗像前。

直到矢木走近时,高男才回头看见父亲,便露出不好意思的表情,说道:

"您回来了?"

"是的。"矢木点点头,"但这是怎么回事?没想到在这里遇到。"

"我来接您。"

"接我……我认识这里呀。"

"您信上说跟博物馆的人一起乘夜车回来,我便想到您多半不会直接回家,会绕到博物馆来。我上午一直在家等您的……"

"是吗?那就谢谢你了。信是什么时候到的?"

"今天早晨。"

"正好赶上?"

"可是信到时姐姐已经跟妈妈出去练舞了,她俩都不知道您今天回来。"

"是吗?"

两人都看着沙羯罗像,像是在回避着视线的相遇。

"我猜到爸爸会来博物馆,便考虑具体在什么地方可以找到您。"高男说,"最后决定在这儿的沙羯罗和须菩提前面等您。这想法不错吧?"

"嗯,好主意。"

"爸爸每次来博物馆,都一定会在出去之前到这兴福寺的须菩提和沙羯罗像前站一会儿。"

"是的,好让头脑清醒一下,心中的阴影和污浊都一扫而空,而且各种疲劳和紧张也都得到解除,感到一种难以言喻的温暖。"

"我看了,发现沙羯罗那张娃娃脸在皱着眉头,样子有点像姐姐和妈妈平时的习惯，您说是吗？"

父亲摇头。

矢木摇头，似是觉得儿子这话说得有点离谱，但立刻又和颜悦色地说：

"是吗？你至少感到母亲和品子与天平时代[1]的佛有相似之处了，这是了不起的。若把这话说给她俩听，她们也会变得和善一些的。不过沙羯罗不是女身，女人应该不会有这样的长相。沙羯罗是个少年，东方的圣少年，凛然地站在那里，令人觉得天平时代的都城奈良会有这样的少年。须菩提也同样如此。"

"欸。"高男点头，"我等您时在沙羯罗和须菩提像前站了很久，看着看着便渐渐看出了一点哀伤的感觉……"

"嗯。这两尊都是干漆像，干漆这种雕塑材料好像较易用抒情的手法来处理佛像，能在天真的少年形象上也表现出日本式的哀愁。"

"姐姐的上眼皮经常跳动，眉头常常会皱起，显示出与此相似的哀愁目光。"

"是的。不过皱眉是佛像的一种手法。与这沙羯罗同为八部众像之一的阿修罗像，还有跟须菩提同为释迦十大

---

1 天平时代，划分日本文化史、美术史的一个时期，大致在公元 8 世纪，受中国唐文化影响明显。

弟子的众佛像中，也有几尊是皱眉的。再说，这尊沙羯罗像虽被制成令人爱怜的童子形，但他是八大龙王之一，其实就是龙，是水中之王，具有护持佛法的威力。这尊塑像也蕴藏着这种力量，你看，盘绕在肩上的蛇在少年的头上高昂着镰刀形的脖子，但这一切都是拟人化的创作，给人一种亲和的感觉，于是就会觉得像似某人了。这既是一种写实，也是一种永恒理想的象征。在这令人爱怜的天真无邪中有着一种澄澈的无边无际，凝结般的静态中有着一种深邃的力的跃动。遗憾的是，咱家的女性在智慧的深度方面与这似乎是有差距的。"

两人从沙羯罗像前移步至须菩提像前。

须菩提像以一种更为自然自若的姿态屹立在那里。

沙羯罗像高五尺一寸一分，须菩提立像高四尺八寸五分。

须菩提身披袈裟，右手攥着左袖口，脚蹬草鞋静静地站在岩石上，温雅中稍带寂清之感。清朗沉稳的童颜和光头上有着一种令人难忘的永恒感。

矢木默默地离开须菩提像前，往玄关走去。

玄关处突起的大石柱像一副镜框，强行把博物馆的前庭和上野公园收入其中。

高男觉得父亲站在玄关正中的花岗石上并不显得矮小，这在日本人中是少有的。

"这次所幸考古学会和美术史学会相继在京都开会，

我都参加了。"

父亲说完缓缓地把长发朝上拢了拢，戴上了帽子。

矢木虽称在京都出席了考古学会和美术史学会的会议，其实只是获许参观了学会举办的某场个人藏品展览。

矢木既非专门的考古学者，也非美术史学者。

他有时会把考古学方面的文物当作古典美术作品来看，但他在大学学的是国文学科，算是个文学史家吧。

战时他写了本《吉野朝[1]的文学》，并作为学位论文提交给当时在开讲座的某私立大学。

南朝人战败后流亡到吉野山等处，同时仍恪守、传播和憧憬着王朝传统，矢木在书中对这段时期的文学和史实做了考证，写到南朝天皇对《源氏物语》的研究时，矢木的笔端催人泪下。

矢木走访了北畠亲房[2]的遗迹，并沿着《梨花集》[3]作者宗良亲王的流浪之路一直走到信浓。

矢木认为：圣德太子[4]的飞鸟时代[5]和足利义政[6]的东山

---

1 吉野朝，即日本的南北朝（1336—1392）。
2 北畠亲房（1293—1354），日本南北朝时代的武将、学者。
3 《梨花集》，日本后醍醐天皇的皇子宗良亲王（1311—1385）创作的和歌集。
4 圣德太子（574—622），日本用明天皇的皇子，致力于推行佛教。
5 飞鸟时代，日本在奈良盆地的飞鸟地方建都的时代，广义的飞鸟时代为592—645年（或592—710年），狭义的为592—628年。
6 足利义政（1436—1490），日本室町时代第八代将军。

时代[1]自不待言,连圣武天皇[2]的天平时代和藤原道长[3]的王朝时代等时期也绝非和平时代,人世之争的长流中绽放着美的浪花。

矢木对于藤原时代黑暗的认识,来自原胜郎博士《日本中世史》等书的启发。

另外,矢木如今正在写作"美女佛"研究方面的书,其中受到矢代幸雄博士所著《日本美术的特质》等书美学思想引导之处甚多,他曾想以"东洋的美神"来作为书名,但这似乎未免过于模仿矢代博士了,于是觉得还是用"佛"比用"神"更好。

矢木也曾因日本的"神"这个字眼而在日本战败后吃过苦头,感到后怕。《吉野朝的文学》一书在今天就成了对于战败的凭吊,不管怎么说,在日本美学传统中,皇室是被视作神的。

矢木所谓的"美女佛",主要是指观音,但对此外的弥勒、药师、普贤、吉祥天女之类具有女性美的众佛也都兼容并蓄,试图从这些佛像中汲取日本人的精神和美感。

矢木既非佛学者也非美术史家,所以在佛学和美术史方面难以深论,但《美女佛》或许能成为别具一格的文

---

[1] 东山时代,足利义政当政的时期。
[2] 圣武天皇(701—756),日本第四十五代天皇,在位期间形成了天平文化的鼎盛期。
[3] 藤原道长(966—1028),日本平安时代的权臣。

学论著，若作为文论，矢木自认为还是可以写一写的。

作为国文学者，矢木或许确实具有这样的涉猎广度。

矢木一介穷酸书生出身，与波子结婚时甚至对女生也喜欢的中宫寺的观音像都知之不多，而且没去过京都广隆寺看弥勒像。他学芜村[1]的俳句，却没看过芜村的画。他毕业于大学国文学科，却比中学女生波子更缺乏日本文化方面的教养。

"名古屋的德川故居在展出《源氏物语绘卷》，得去看看。"

波子说完便会叫来奶妈，让她拿出旅费。波子的奶妈也兼管她家的账务。

这时矢木会有一种刻骨的羞愧和窝囊感。

博物馆里有南画（文人画）的名作展。

其中自然就有一些芜村的南画，矢木从前研究其俳句而不知他的画。

"看了二楼的南画吗？"

矢木问高男。

"只是走马观花。因为惦记着爸爸是不是在佛像那里，其他地方就没仔细看⋯⋯"

"是吗？可惜了。今天我马上还约了人见面，大概已

---

[1] 与谢芜村（1716—1784），日本俳句诗人、画家。

经没时间看了。"

父亲从口袋里掏出表来看了看。

这是伦敦史密斯公司的旧式银表,侧面有个铃,稍撤一下,便从矢木的口袋中发出表示三点钟的铃声,之后又各响两次,每次表示十五分钟,从这铃声可知现在大约三时三十分左右。

"若给宫城道雄[1]那样的盲人使用,一定很方便的。"

矢木常说这话。这种表可以在走夜路时用或夜晚放在枕边报时。

他还有一只会闹的怀表,高男听他说过一件趣事:在某人新书出版的庆祝会上,在他长篇发言正酣之际,矢木口袋里的闹表突然叮铃铃地响起,煞是好玩。

现在父亲胸袋发出的怀表响声似小八音盒那样稚嫩,也让高男觉得与父亲的会面令人愉悦。

"本以为您马上能回家,可是还得先去其他地方吧?"

"嗯,夜里在火车上睡得不错。不过你也可跟我一起去。我就平安朝的文学与佛教美术方面的关系写了点东西,教材出版社希望收进国语教科书中去,要跟我商量如何省略一些专业方面的内容,写成一篇通俗的美文,还要跟我敲定插图。"

矢木走下玄关的石阶,望着百合的落叶。

---

[1] 宫城道雄(1894—1956),享誉世界的日本民族音乐家和散文家,七岁失明。

百合叶像橡树叶一样很大，石造玄关的近处就有这么一棵高大的百合，深黄色的叶铺满庭院，静默如一位年迈的国王。

"我的文章即使删除那些核心内容，仍能有助于读藤原文学的学生感受藤原的美术。"矢木继续说，"芜村的画如何？你也是在看到画之前先在国语课上学了芜村的俳句，所以……"

"欸，我觉得华山的画不错。"

"渡边华山[1]？不错。不管怎么说，南画中的大雅[2]是个了不起的天才，不过，华山对今天的年轻人来说……那个时代，华山在汲取西洋美术方面具有强烈的好奇心，做了新的努力……"矢木在走出博物馆正门时说，"我还要去见品子的经纪人沼田……"

他们乘中央线电车到达四谷见附。

往圣伊格纳西奥教堂方向去须横穿马路，在等车子通过时，高男皱眉说：

"我实在受不了那个经纪人。下次他若再对妈妈和姐姐不敬，我就跟他决斗。"

"决斗？够夸张的。"

---

1 渡边华山（1793—1841），日本江户中期著名南画家。
2 池大雅（1723—1776），原名池野秋平，日本著名南画家、书法家。

矢木淡定地笑道。

但这究竟是当今青年人的说话方式还是高男性格的体现呢？父亲看着儿子的脸。

"真的。对那种人，除非用自己的性命与他的性命相搏，否则他是不会睬你的。"

"对方既然是无聊之辈，你这不也是无聊之举吗，糟蹋了自己的性命。沼田那样肥胖肉厚，凭你的细胳膊挥舞个小刀之类，是刺不穿他的。"

父亲露出笑容。

高男做了个开枪的姿势说：

"我用这个去干。"

"高男，你有枪吗？"

"我虽没有，但这种东西随时可向朋友借到。"

儿子满不在乎的回答让父亲心中发毛。

高男喜欢模仿父亲，看似稳重，内里却也暗藏母亲性格的火花，有时也可能病态地迸燃。

"爸爸，过街吧。"

高男大声说道，随即疾步在新宿方向过来的出租车前穿过。

三两成群的女学生穿着校服，微低着头走进圣伊格纳西奥教堂，大概都是马路对面双叶学园的女生放学后去做祷告。

走在外护城河土堤的阴影处，矢木看着教堂的墙平静地说：

"新教堂的墙上也会映着古松的影子呢。去年，耶稣会的得力教士来过这教堂。方济各·沙勿略[1]四百年前去都城时也曾在行道上的松树树荫下走过吧。那时京都正逢战乱，足利义辉[2]将军也四处逃窜，沙勿略却企图觐见天皇，结果自然是未被允许，在京都仅滞留十一天就折返平户了。"

映有松影的墙壁被夕阳浅浅地染上一层桃色。

隔壁上智大学的红砖外墙也洒满了阳光。

他们进了前面的幸田屋旅馆，被领到尽头的一个房间。

"是呀，挺安静的吧。在成为旅馆前，这座房子住着一个钢铁业暴发户，这间是茶室，诺贝尔奖得主汤川[3]博士也在这屋住过，从美国飞来后住在这里，又从这里飞往美国。古桥等游泳运动员往返美国时也集中住在这里。"

"妈妈不也常来吗？"

高男说。

汤川博士和古桥选手都是战败后日本的荣光和希望，

---

[1] 方济各·沙勿略（1506—1552），西班牙籍天主教传教士，也是耶稣会的创始人之一，最早把天主教传至日本。
[2] 足利义辉（1536—1565），日本室町幕府第十三代将军。
[3] 汤川秀树（1907—1981），日本物理学家。

能被带到有如此名望之人往返美国与日本时住过的房间，矢木认为会让年轻学生心旌荡漾，可是高男似乎有点无感。

矢木又说：

"我们过来时路过大房间吧，当时把那样的两间打通，给汤川博士作会客室，在各种各样的人蜂拥而至时，可以尽量不必带到这间居室来，可是报社的摄影团队不知从哪里潜入庭院，偷拍一些猎奇的镜头，弄得汤川博士不得安宁。为了不让摄影团队进来，这里的两个女服务员日夜守在庭院两端，因为是夏天，据说被蚊子叮得苦不堪言。"

矢木把目光投向庭院。

庭院里种的全是竹子，有唐竹、罗汉竹、寒竹、方竹等，在一个角落可以看到供奉五谷神的红色牌坊。

这个房间也叫"竹间"，天花板由熏成黑红色的竹子搭成。

"汤川博士到达时，旅馆老板娘正在生病，睡在床上还挂念着说：'先生难得回日本，要点支好香。牵牛花开了，庭院里的树上要是蝉也叫了才好。'"

"啊……"

"有意思吧——还想到蝉鸣呢。"

"啊……"

不过，同样的话高男以前曾听母亲说过，父亲似乎是从母亲那里现学现卖，儿子实在难以做出感兴趣的样子。

他环视房间，边说：

"房间不错。妈妈现在还常来吧？有点奢侈了。"

父亲背朝壁龛的吉野圆木柱舒舒服服地坐下，虽也点头表示肯定，却又说：

"好像是有过蝉鸣的，汤川博士当时作过和歌说，'来到东京的旅馆，首先让人怀念的便是庭院树间的蝉声'。汤川曾对和歌有兴趣。"

他继续前面的话题，借以岔开高男的话。

晚餐的费用记在波子的账上。最近，此类事情也会引起高男对父亲的不满。

矢木低声说：

"你母亲与这里的老板娘交情不错，这对品子的舞台事业也会有所帮助吧。"

教科书出版社的总编来了。

矢木先出示的不是自己的文章，而是藤原时代佛教美术方面的照片。

"这些照片都是我拍的，包含着我的观点。"

矢木把高野山的圣众来迎图、净琉璃寺的吉祥天女、博物馆的普贤菩萨、教王护国寺的水天、中尊寺的人肌观音、观心寺的如意轮观音等照片挑出，摊在桌上准备一一介绍，却又说道：

"啊，对了，喝杯茶吧，在京都养成习惯了……"

他把河内观心寺的秘佛如意轮观音的照片拿在手

里说：

"这佛……清少纳言[1]在《枕草子》中也写道：'如意轮观世音最能关切人心，那支颐的模样儿，真个慈悲，世所无比，教人自惭形秽。'[2]照片上的佛像很能抓住那种感觉，我在文章中也引用了这话……"

矢木这话既不像对总编也不像对高男所说，然后他又明确地对高男说：

"奈良佛像具有一种清纯的拟人化写实表现，就像刚才在博物馆见到的沙羯罗和须菩提，而这种写实到了藤原的作品中就变得像照片上的这些佛像一样妖艳，带着人体肌肤的温热，具有现世感，却又不失神秘。这是女性美的最高象征，可是膜拜这样的佛，藤原的密教就让人觉得像一种女性崇拜了。奈良药师寺的吉祥天女画像与这照片上京都净琉璃寺的吉祥天女虽然相似，但细加比较，还是能清楚地感觉到奈良与藤原的区别。"

矢木随即又把折叠包拉到手边，从中取出净琉璃寺吉祥天女和观心寺如意轮观音的着色照片，照片鲜明地保留着原物的颜色，所以他建议总编用彩色印刷作为教材的卷首图。

"是呀，与先生的大作珠联璧合，会很精彩的。"

---

[1] 清少纳言（约966—?），日本平安中期的女随笔作家、歌人，代表作是《枕草子》。
[2] 此处引用林文月先生的译文。

"不，我那幼稚的文章尚未确定能否被采用呢……不管用不用我的文章，我希望日本的国语教科书中能有一幅佛像作为卷首图，即使不像西洋的教科书那样有圣母玛利亚的画像……"

"我们这样觍着脸过来，就是希望得到先生的大作，但这佛像过于有名，如今的学生大多已在什么地方见过了吧？"总编有点犹豫，"我们会依先生的意思，把照片插进您的文章当中……"

"我的文章暂且不论，我是希望能有佛像作为卷首图。不了解日本的传统美，也就没有国语了。"

"正因如此，务请让我们使用先生的论文……"

"这还算不上论文呢……"矢木又从折叠包里取出杂志剪页递给总编，"我在回来的夜车上修改过了，删除了难懂之处，你回去后再看看是否适用于教科书吧。"

说完啜了一口茶。

女服务员报告沼田来访，矢木正把茶碗底翻过来看，头也不抬地说：

"请他进来。"

沼田身穿藏青色双排扣外套，衣着整洁，但下腹挺突，连鞠躬都显吃力。

"啊呀，先生您回来了？又该祝贺您家小姐了。"

"呀，谢谢。波子和品子一向承蒙照顾……"

沼田所说"祝贺"，其实就是在后台对出场演员的常用语。

沼田的"祝贺"是指品子在哪里演出的事情呢？矢木不知自己在京都期间女儿在哪里跳了什么舞，所以只顾把自己面前的茶碗转着打量。

"这只茶碗实在是个美女。志野烧[1]茶碗就是好，像个在寒冷时能给人一点温暖的美女。"

"波子夫人就是这样。"沼田一本正经地说，"您此次在京都又挖到什么名品了吧？"

"不，我不喜欢出土的东西，对古董也不感兴趣。"

"完全是名品在等您……是的，应该是闪亮的名品在破烂堆里等着您去发现。"

"言过其实了吧。"

"我没说错，像品子小姐那样的名品，十年二十年都找不出一个。我今天要在这里说一声她就是名品，并越来越放射出名品的光芒。妇女杂志的新年号马上就要出刊了，先生您看，我已成功地把她的各种照片推到卷首，她将是一九五一年值得期待的新人。芭蕾越来越流行了……"

"谢谢，但如果过于刻意地把她当作商品……"

"不至于像您说的那样，何况她有母亲陪着……"沼田不容置疑地说，"只是因为她名叫品子，所以就脱口而

---

[1] 志野烧，日本岐阜地区烧制的陶器，尤以茶碗出名。

出名品二字了。请您尽快去看新年号上的照片。"

"是吗……说起卷首,我们刚才正在谈卷首呢。"

矢木随即向教科书出版社的北见介绍了沼田。

女服务员来请他们饭前洗个澡。

沼田和北见都以感冒为由婉拒。

"那我就失敬了,去把夜车上的尘垢冲一下,高男,你也来吗?"

高男随父亲去了浴室。

见到磅秤,父亲说:

"高男,你有多重?瘦了一点吗?"

高男光着身子,悠悠地走上磅秤。

"整整十三贯[1]。"

"不行呀。"

"爸爸呢?"

"你瞧。"矢木换下高男,"十五点三贯,这几年来一直是十五点二或十五点三贯,没什么变化。"

两人同样白皙的身体在磅秤前刚一近距离相对,儿子立刻带着一种羞怯而又伤感的表情离开。

两人进了长州澡盆[2],肌肤就有了相触。

高男先出来去了冲洗处,边洗脚边说:

---

1 贯,日本重量单位,1 贯约合 3.75 千克。
2 长州澡盆,一种铸铁制澡盆。

"爸爸，沼田长期纠缠母亲，这次又要让他纠缠姐姐吗？"

父亲头枕澡盆边缘闭目养神。

没见父亲答话，高男便抬头去看，父亲的长发虽黑，却已从顶心处开始稀疏。高男注意到原来额头先秃的父亲似乎要从头顶秃起了。

"您刚从京都回来为啥就要见沼田呢？"

高男本想埋怨父亲回家前就见沼田，还想说沼田明明是不把父亲放在眼里的。

"我来接您，满心欢喜地在博物馆见到您，却被您叫来沼田弄得大为扫兴。"

"哦……"

"我从小就觉得沼田抢走了妈妈，并因此而恨他，常在梦中被他追杀，实在忘不了……"

"嗯。"

"姐姐是因为跟妈妈一起跳芭蕾而被沼田纠缠，但是……"

"并不像你说的那样，你的看法过激了。"

"不对。您也很清楚吧，沼田为了取悦母亲而如何讨好姐姐……姐姐倾慕于香山，也是沼田使的手段。"

"香山？"矢木在澡盆中转过身来，"你知道香山现在在干什么吗？"

"不知道。没在跳芭蕾吧，见不着他的名字，可能一直隐居伊豆了。"

"是吗？我倒想向沼田打听那位香山君的情况呢。"

"香山的事情您何不向姐姐打听？问母亲也……"

"哦……"

高男进了澡盆。

"爸爸，您不洗吗？"

"啊，懒得动了。"矢木侧身为高男让出地方，"今天学校怎样？"

"只待了两小时。不过，我大学也能这样上吗？"

"大学也是新制的了，年龄只相当于过去的高中。"

"我来帮您搓背吧。"

"是吗？在澡盆里别使劲了。"矢木笑着爬出澡盆，一边擦身一边说，"你呀，有时过高要求别人了，就像对沼田的要求，既有合理的，也有不合理的。"

"是吗？对妈妈和姐姐也是如此吗？"

"你说啥呢？"

矢木打断了高男的语势。

两人回到竹间，沼田就抬头看着矢木说：

"我在与被先生称为美人的这只茶碗为伴。其实先生，我是路过这里的教堂——是叫伊格纳西奥教堂吧——顺便进去看了看，出了天主教堂便来讨碗茶喝……"

"是吗？不过，天主教与茶从前倒是有过因缘，比如织部灯笼也叫基督灯笼吧。"矢木说着坐了下来,"古田织部[1]喜欢在灯笼的底座雕刻怀抱基督的玛利亚像,据说还有茶勺出自基督徒大名高山右近[2]之手,上面刻有花十字,读作花 cruz[3]。"

"花 cruz……挺好。"

"高山右近等人喜欢坐在茶室向基督教的神祈祷,茶道的清净与调和让右近成为一个高雅之人,也引导他去爱神,发现主的美,外国传教士也写过这样的话。耶稣教传入日本时,大名与堺的商人之间正盛行茶道,传教士若被邀参加茶会,便会在茶席一同跪下,向神献上感谢之辞,他们向本国送去的传道报告中详细地记有茶道的情状,甚至还有茶器的价格……"

"原来如此……波子夫人说过,最近天主教和茶道又盛行起来,先生所住北镰仓就是关东茶都呢。"

"是的。去年跟着教会重要人物一起来的一位名叫什么的大主教等人也在京都被邀参加茶会,听说他们惊讶于茶道与弥撒的仪式竟有这么多的相似之处。"

"啊……跳日本舞的吾妻德穗[4]也成了天主教徒,马上

---

1 古田织部(1544—1615),日本安土桃山时代武将,千利休的高徒,精于茶道,以烧制织部陶器而闻名。
2 高山右近(1552—1615),日本安土桃山时代武将、大名,信仰基督教。
3 cruz,葡萄牙语,意为十字架。
4 吾妻德穗(1909—1998),日本著名女舞蹈家,"吾妻流"的创始人。

要表演《踏绘[1]》，先生也来欣赏一下如何？"

"哦，在长崎？"

"大概是吧。"

"可能是表演踏绘时代的殉教事件，而如今一枚原子弹就炸得浦上的天主堂灰飞烟灭，长崎死了八万人，据说其中有三万是天主教徒。"

矢木说完便看着教科书出版社的北见。

北见沉默不语。

"这里的圣伊格纳西奥教堂听说可算东方第一，但我还是喜欢长崎大浦的天主堂，是最古老的国宝级教堂……彩绘玻璃也不错。虽因偏离浦上而得以免遭原子弹破坏，但我去看时，屋顶也还是一片狼藉。"

开始上菜了，矢木便把堆在桌上的佛像照片收进包中。

"不过先生还是更喜欢佛像吧。以前您让波子夫人跳的《佛手》真好，把佛像中手的各种形态都集中在一起了。"沼田说着观察矢木的表情，"我希望波子夫人也能重登舞台呢。先生……"

"现在回想起来，舞蹈《佛手》真是很好的例子，但

---

1 踏绘，踩踏圣像。日本江户时代禁止基督教的流行，幕府命令被怀疑为基督教徒者用脚践踏基督和圣母玛利亚的画像，用以甄别其教徒身份。

若非到了波子夫人这样的年龄，而是还像品子小姐那样，大概是没法跟那舞蹈中深邃的宗教意味相称的。"

沼田继续说，矢木只是淡淡地嘟囔了一句：

"与日本舞不一样，西洋舞蹈就是青春的艺术呀。"

"青春……所谓青春也可有种种解释，波子夫人的青春是已经消逝还是至今犹存，先生应该是最清楚的吧……"沼田话中便带了几分调侃，"或者说，葬送还是复苏波子夫人的青春，不都在于先生您吗？波子夫人精神上的年轻我也了解，至于身体上的嘛，在日本桥的排练场看了就……"

矢木侧身给北见续酒。沼田也去抿酒杯。

"若只让波子夫人去教孩子跳舞，未免可惜了。如果能登上舞台，弟子就会大量增加，对品子也有好处。'母女舞姬'的话题利于宣传，有时也便于演出方面的营销。我对波子夫人也是这么说的，想给她们拍母女共舞的照片，她们却不愿意。"

"这是因为有自知之明。"

沼田反驳：

"这是因为没有自知之明，舞台上的人都是这样……"

传来圣伊格纳西奥教堂的钟声。

"其实，今晚难得地受到先生之召，我就想到是不是要谈波子夫人花开二度的问题，于是就兴冲冲地来了。"

"哦，是吗……"

"因为我想不出此外先生还能有什么事情找我。"沼田眯缝着一双大眼,"让她来跳吧,先生。"

"是波子对你这么说的吗?"

"是我拼命鼓动她的。"

"真是件麻烦事。不过,到了四十岁女人跳舞的时候,离下一次战争也就不远了。"

矢木说得含糊其词,然后就和北见开始了其他话题。

晚饭的菜单上正菜有:甲鱼冻、咸鱼子干、柿卷,刺身有鲕鱼和干贝,汤是白味噌中加入粟麸和银杏,烧烤是酱腌银鲳鱼,热菜是蒸鹌鹑,水焯凉拌菜是小芋头和黑皮蘑菇。此外还有鲷鱼火锅。

沼田提出告辞,矢木便看了看表。

"先生还在用这个表?不准了吧?"

"我的表从来不曾差过一分钟。"

矢木说着打开屋里的收音机,里面传出声音:

"《左邻右舍》节目,本月作者是北条诚。"

"跟七点报时完全一致。"

"下面报告新闻。"

沼田关了收音机。

"又是朝鲜……先生,斯大林说自己是亚洲人,忘不了东方呢。"

四人同车出了幸田屋,北见在四谷见附站前下车。车

从赤坂见附来到国会议事堂前时,矢木对沼田说:

"你刚才说到波子花开二度的事,香山君情况如何,能够复出吗?"

"香山……那个废人?"

沼田摇头,却因太胖,只能缓缓地稍动一下脑袋。

"说他废人,太残酷了。现在在干什么?"

"作为舞蹈家就算是个废人了。听说在伊豆乡下开旅游巴士,不过是风闻而已,详情不知。那种与世隔离的人,我也不想沾他。"说着,沼田回过头来,"您家小姐已经不跟他来往了吧?"

"是……"

"不清楚情况如何。"

高男生硬地插了一句。

沼田不予回应,只说:

"那家伙是个麻烦。高男你也好好劝劝姐姐。"

"姐姐该有她的自由吧?"

"舞台上的人是没有自由的,尤其对有前途的年轻人来说……"

"曾经那样撮弄我姐姐与香山接近的,不正是沼田先生您吗?"

沼田不答。

车子沿皇居的护城河开向日比谷。

矢木像是突然想起似的说:

"对了,我在京都旅馆里看摄影杂志,上面有竹原君公司的照相机广告,用了品子的照片,那也是你安排的吗?"

"不,那不是老照片吗,是竹原住在您家偏屋时照的。"

"噢……"

"听说竹原的公司里有照相机和望远镜,生意好像不错,他能不使劲利用品子小姐做照相机的模特儿吗?"

"那也过分了。"

"他此时就是要试着过分一下吧。波子夫人如果跟竹原说一声……"

"波子已经不跟竹原交往了吧?"

"是吗?"

沼田的声音戛然而止。

车子在日比谷公园的内角处左转,过了皇居护城河。这里就是波子和竹原所乘的车抛锚之处,也是波子害怕被理应身在京都的矢木看见的地方,但那已是五六天前的事了。

沼田在东京站前告辞。矢木乘上横须贺线,一直到品川附近都默不作声,然后便睡着了。车到北镰仓时,高男摇醒了他。

圆觉寺门前的杉树林上方挂着明月。

他们背朝明月,沿着路轨旁的小路步行。

"爸爸,您累了吧?"

"啊。"

高男左手接过父亲的包,身子靠了过去。

月台长栅栏的影子投在小路上,过了月台,便有住家的罗汉松树影落在路轨的另一方向,小路越发变窄了。

"一到这里总是觉得到家了。"

矢木停步稍站了一会儿。

北镰仓的夜晚如同山谷之间。

"你妈妈怎么样了?又说要卖东西了吗?"

"啊?我不知道。"

"她不知道我今天回来吧?"

"欸,今天早上收到您的信,我装进口袋就出来了,所以……在幸田屋打个电话就好了。"

高男的声音有点沮丧,父亲点点头说:

"啊,没关系。"

两人进了小路右侧的隧道。山的末端像独臂似的伸出,将其挖通后,就成了一条近道。高男在隧道里说:

"爸爸,关于在东大图书馆前树立战殁学生纪念塑像的事情,大学方面好像不同意。我本想见到您时就告诉您的。塑像已经完成,本应在十二月八日举办揭幕式的……"

"嗯,以前好像也听说过了。"

"我说过的。战殁学生的手记被搜集起来,编成《遥寄山河》和《听那海神的声音》两本书,还拍成了电影。

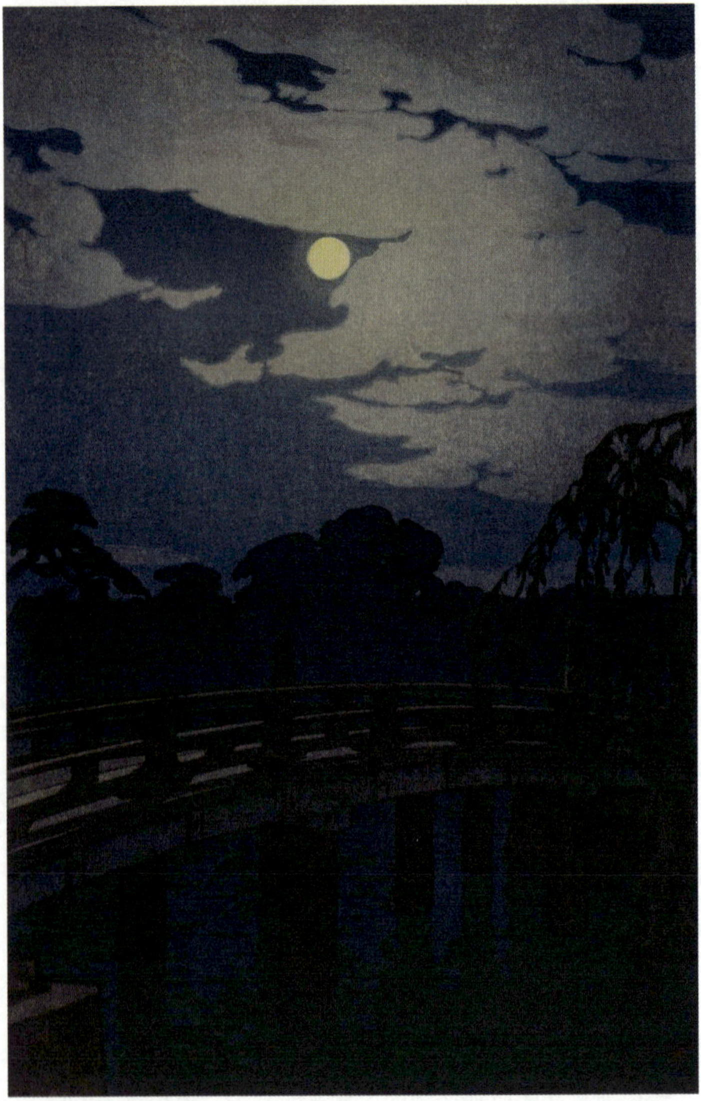

从不让'海神之声'重演的意义出发，纪念像也将被命名为海神之声，这与'No more Hiroshima（不许重演广岛悲剧）'有相通之处，是和平的象征，包含着悲哀与愤怒……"

"嗯，那么大学的意向呢？"

"好像要禁止。据说拒收了日本战殁学生纪念会寄赠的塑像……其理由是：此像的对象并不仅限于东大生，而是普遍的学生和大众，以东大之前的惯例，校园里所立纪念像，仅限于在学术和教育方面有重大功劳者。其实，这塑像的意义过于深刻，大概也是不被获准的原因吧。这是一尊象征着时势之变的塑像，万一再有征用学生兵上阵的时候，大学中有这么一尊反战立场的战殁学生像，也是件头痛的事吧。"

"嗯。"

"但我认为，战殁学生亡魂的故乡就在校园，在这里树立他们的墓碑是顺理成章的，听说牛津大学、哈佛大学也有这样的纪念碑。"

"啊，战殁学生的墓碑已经立在高男胸中了。"

隧道出口有山上的水滴落下，并可听到华丽的舞曲声。

"在排练。每晚如此吗？"

"欤。我先去告诉她们一声。"

高男说罢便跑步去了排练场。

"爸爸回来了。"

"爸爸……"

波子刚要往舞蹈服外披上外套时就面色苍白，眼看就要倒下。

"妈妈，妈妈。"品子抱住波子，"妈妈，您怎么啦？妈妈……"

她抱着母亲朝墙边的椅子走去。

波子闭着眼睛，脑袋无力地耷拉在旁边椅子上女儿的胸前。

品子用外套裹住母亲身体，左手去试母亲的额头。

"冰凉的。"

品子穿着黑色紧身裤和芭蕾舞鞋，排练服也是黑色的，很短，腿部完全露出，下摆有波形褶皱。

波子的舞鞋是白色的。

"高男，去把唱机停了……"品子说，"是被高男吓着了。"

高男也定睛看着母亲，说：

"我没吓母亲。没事吧……"

说着去看品子，便由紧锁双眉的姐姐想到了兴福寺沙羯罗的眉根，真的是像。

品子的头发扎起，结着丝带，母女脸上都没有化妆痕迹，大概是怕排练时出汗。

品子原本略显粉红的脸色因惊怕而发白,那光彩反倒显得澄澈。

波子睁开眼睛说:

"没事了。谢谢。"

说着便要坐起身子,却被品子抱住。

"再稍静一会儿……给您倒点葡萄酒吧。"

"不用了。给我一杯水吧。"

"好的。高男,去拿水来。"

波子用手掌搓着额头和眼眶,坐直了身子。

"转了不少圈子,然后用阿拉贝斯克舞姿[1]立定,这时高男突然跑了进来,所以……头晕眼花,轻度贫血啊。"

"已经没事了。"品子把母亲的手放到自己胸口,"我也是怦怦乱跳呢。"

"品子,咱们去接爸爸吧。"

"好的。"

品子看看母亲的脸色,麻利地在排练服外套上一条宽松长裤,穿上毛线衣,解开丝带,用手指将头发展开。

矢木在高男跑开后便独自漫步而行。

隧道出口的山端立着细而高的松树群,先前挂在圆觉寺杉树林上空的月亮已来到了这些松树的上方。

---

[1] 阿拉贝斯克,一种独脚站立,手前伸,另一脚、另一手向后伸的芭蕾舞姿势。

声称要跟沼田决斗的高男和力挺战殁学生纪念像的高男，两者之间究竟是合二为一还是一分为二呢？父亲因不安而步履沉重。

矢木现在的家以前是波子娘家的别墅，没有大门，入口处开着小株的山茶花。

芭蕾的排练场在正屋与偏屋的正中间，是将后山的岩石削平而建，有点居高临下君临整座宅邸的样子。正屋和偏屋都亮着灯。

"咱家的电灯好像不用花钱似的。"

矢木嘀咕了一句。

半梦半醒

矢木从京都回来的第二天，早饭时只有他面前放着"具足煮[1]"的大龙虾，矢木没去动它，波子便说：

"不吃虾吗？"

"啊……嫌费事。"

波子表情惊讶地说：

"我们昨晚都吃了，这是剩的，抱歉了……"

"嗯。我懒得剥壳。"

说着，矢木俯视着龙虾。

波子微微一笑，说道：

"品子，你帮爸爸把壳剥了吧。"

"是。"

品子把自己的筷子掉了个头去夹虾身。

"真灵巧。"矢木看着女儿的动作，"带壳的龙虾被牙齿嘎吱嘎吱地咬碎，感觉倒是不错的……"

1　具足煮，带壳煮的虾、蟹类。

"让别人去了皮,就没味了吧?好了,虾壳剥掉了。"品子说着抬起脸来。

矢木的牙齿并没糟到咬不碎虾壳的地步,即使怕牙咬不雅观,也可用筷子去壳的,但他却说麻烦,这让波子感到意外。

难道真是因为上了岁数?

餐桌上还有烤紫菜片以及矢木从京都带来的煮冻豆腐和豆腐皮,不吃龙虾也够了,但矢木好像真的是怕麻烦。

也许是外出多日回到家里,精神松懈下来,矢木好像有点无精打采的样子。

或者就是因为昨夜的疲劳了———想到这,波子便低下头来,只觉脸上发烫。

但这羞怯只是刹那间的事,低头时心底已是冰凉。

波子昨晚睡得好,今晨醒时头脑清醒,浑身是劲。

大概是到了"三寒四温"的转暖时节,今天是一个近日未见的小阳春之晨。

练芭蕾是一种运动,所以波子的食欲一直不错,今晨却觉得连饭菜都变了味。

她一旦意识到这点,顿时没了胃口。

"你今天难得地穿和服了。"对此一无所知的矢木说,"京都穿和服的还是挺多。"

"是吗?"

"爸爸,东京这个秋天也流行起和服来了。"

品子看着母亲的和服说。

这和服难道是虽不情愿却又要穿给丈夫看？波子为自己感到惊讶，却还是说：

"两三天前来的绸缎店老板说，战争开始时漆染和扎染品卖得特别好。"

"要说漆染和扎染，那都是奢侈品吧？"

"扎染和服要五六万日元呢。"

"是吗？你要是能留到现在才卖就好了。卖得太早了。"

"旧衣服已经不行了，价钱跌得几乎一文不值了。"

波子头也不抬地说。

"是吗？那是因为新品很容易买到，一旦买不到新的，老板就要针对女人的虚荣心趁虚而入，说一番旧和服做工细致、品位高雅之类的话了。"

"欸。不过此前战争开始时流行的漆染和扎染，现在又好卖了，所以……"

"战争不至于是因漆染和扎染衣料引起的吧。上一次的流行是因为战争，这一次大概是因为战争时间太长，那些和服一直没有机会穿吧。如果把奢侈的和服当作战争的前兆，倒也体现了女人的浅薄，真像漫画一样。"

"男人的服饰也变化挺大的。"

"是呀，但就是帽子之类买不到好的，夏威夷衫倒是很多。"矢木端着茶杯说，"我那顶喜欢的捷克货帽子，

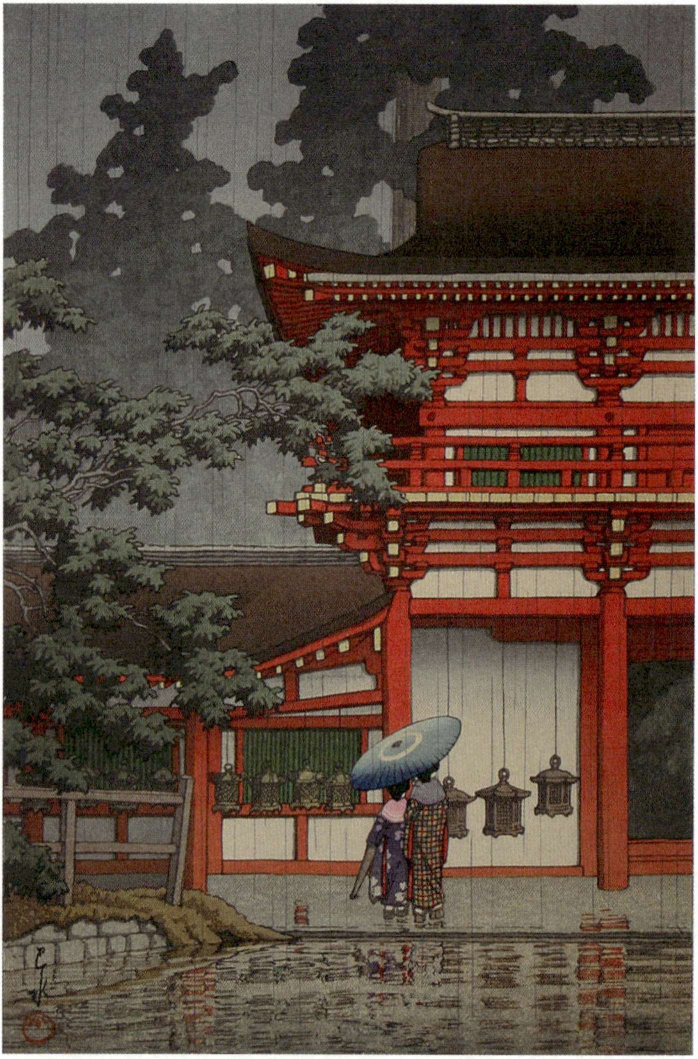

你没注意就随便送到一家洗衣店，结果被他们水洗，丝绒都糟蹋了。"

"那是因为战争刚结束……"

"现在想买也买不到。"

"妈妈。"品子叫道，"我同学文子——您还记得她吧——来信想借晚礼服参加圣诞晚会。"

"现在就准备圣诞节，未免太早了吧。"

"挺有意思的，她说梦见我了……梦见我有很多洋服，衣柜里挂着三十来件淡紫色和淡粉色衬衫……都有漂亮的蕾丝花边。另一个衣柜里挂满裙子，全是白色，还有灯芯绒的。"

"裙子也有三十条？"

"信上说裙子大概有二十来条，全是新的。她说做这样的梦，想必品子也会有几件晚礼服的，所以开口要借，算是受到梦启吧……"

"但毕竟还是没有梦见晚礼服吧？"

"是的，只说到了衬衫和裙子。见到我穿各式各样的衣服在舞台上跳舞，所以就误以为我会有很多自己的洋服了。"

"是呀。"

"我回信告诉她：我在后台是光身子的。"

波子默默地点头，先前还神清气爽，这时却变得昏沉沉、懒洋洋了，难道还是因为昨夜为迎合旅途归来的丈夫受累了？

波子是可悲的。

矢木若在外旅行时间较长，回来的那天晚上，波子有时就会没来由地在家做一些无用的拾掇整理之类的事情，迟迟不肯上床。

"波子，波子。"矢木叫道，"一直在洗些啥呀？已经一点钟了。"

"欸，在洗你旅行带回来的脏衣服。"

"不能明天再洗吗？"

"从包里拿出来团在那里，让人难受……明天早晨让女佣看见……"

波子裸着身子在洗丈夫的贴身内衣，她为自己的这副样子而有一种负罪感。

洗澡水已经不烫，波子像是故意要泡进温吞水中，从下颚开始咯咯打颤。

待到穿着睡衣对着镜子时，颤抖还在继续。

"怎么啦，洗澡洗冷了？"

矢木诧异地问。

近来波子是在抑制自己，矢木明知却又佯装不知。

波子觉得自己受到了丈夫的某种监视，但她的负罪感却淡薄了，而且似乎自己已被抛离——她在这种虚无感中沉浸了一会儿，又被重新震醒，就在她把眼闭上时，只觉眼前有个金环在转,然后燃成一片赤红。

若在过去,她会把脸贴在丈夫胸前说:

"我看见金环在转,眼前一片通红,觉得自己要死了。这要紧吗,我会不会神经错乱了?"

"不是神经错乱。"

"是吗?太可怕了。你怎么样,跟我一样吗?"她依偎着丈夫,"告诉我呀……"听到矢木淡定的回答,她便又哭着说,"真的吗?那就好了……我真高兴。"

"不过,男人好像不至于像女人那样。"

"是吗……是我不好,对不起了。"

波子如今想起这样的问答,都会为自己年轻时的可怜而落泪。

现在有时依旧会看到金环和红色,但已并非常事,而且不会再如实相告。

如今的金环已不是幸福的金环,事后立刻就会被悔恨和屈辱啃噬心头。

"这是最后一次,绝对……"

她说给自己听,作为自己的理由。

但细想一下,二十几年间她对丈夫好像从未拒绝过一次,当然,也不曾主动要求过一次。这是何等奇怪的事呀。

男人与女人的差异、丈夫与妻子的差异岂非大得可怕吗?

女人的谦谨、女人的羞怯、女人的顺从真的就是女人的象征吗？受缚于日本的因习，让人无可奈何。

波子昨夜突然醒来，在丈夫的枕边摸到那只表，试着揿了一下。

先是报了三点，然后又"叮叮、叮叮、叮叮"响了三下，意味着四十分到五十五分之间。

高男曾说这表的声音像小八音盒，矢木却说：

"这让我想起北京的人力车铃声，装在我平时所乘人力车上的铃铛就是这个声音。北京的人力车车把很长，车子一跑起来，绑在车把顶端的铃铛声就像是从远处传来一样。"

这只表也是波子父亲的遗物。

母亲十分珍惜这表，觉得那是父亲的声音，矢木却死乞白赖地要了去。

波子想到：如果老迈孤独的母亲也被今夜这样的秋风惊醒并去揿响这个表，就会让她想起自己与在世时的丈夫一起在枕边聆听的温柔铃声，那是何等令人眷恋呀。

这只表的铃声让高男想到了自己的父亲，同样也让波子想到了自己的父亲。

这只旧怀表在高男出生前很久就有了，波子那时还是个少女。这铃声勾起了高男的孩时记忆，同样也勾起了母亲波子的孩时记忆。

波子又去摸那怀表，这回她把表放在自己枕边并揿响它。

"叮叮，叮叮，叮叮……"

然后便传来后山松林的风声。

屋前的杉树林好像也有风声。

波子背对矢木合掌，周围虽一片漆黑，她却还是把手藏在被子里合掌。

"真是可怜呀。"

与竹原一起在皇居前时，她曾害怕身在远方的丈夫，昨晚她又因突然听说丈夫回来而贫血发作，但波子潜在的抵触情绪却被巧妙地化解了。

她现在就是为此而合掌，但又并非仅仅为此，同时也是因为对于竹原的嫉妒在心中摇曳。

今晚入睡前，波子惊讶于自己竟会嫉妒竹原。

对于在外盘桓多日后回家的丈夫，波子既无猜疑也无嫉妒，这虽无不可，但作为女人，在迎合丈夫的不情愿中，波子感到的并非对于丈夫的嫉妒，却是没想到的一种对竹原的嫉妒，这种鲜明的嫉妒感甚至让她有了一种令人窒息的愉悦。

现在夜半醒来时，波子又被这种嫉妒摇撼，她合掌喃喃道：

"我连她的面都没见过……"

她说的是竹原之妻。

背着人合掌，这成了波子跳过《佛手》后的一种习惯。

《佛手》自合掌而始，至合掌而终，在全舞的过程中穿插着各种形状的佛手合掌姿态，用合掌来表现手臂各种动作的组合。

"……你俩之间到底有没有妒忌存在呢？互相都不露丝毫妒意，在旁人看来，总觉有点可怕……"

被竹原这么说的时候，波子尽管沉默不语，内心却在因嫉妒而颤抖——并非对丈夫的嫉妒，也还是对竹原的嫉妒，她为不能踏入竹原家庭的话题而焦灼。

但直到迎奉丈夫的那晚醒来之前，波子从未想过要去嫉妒竹原之妻，难道是因为丈夫唤醒了波子的女性意识，于是也唤醒了她对其他男人的嫉妒之心？

"不是罪人呀，我不是罪人。"

波子合掌喃喃道。

但她并不清楚，自己的负罪感究竟是因丈夫而起还是因竹原而起。

波子对着远方合掌，向着竹原赔罪，自己的心自然也就向着竹原说道：

"你好好睡吧。你睡觉时是什么样子，在什么样的房间里？我从没见过，完全不知呢。"

于是波子重新入睡，这次的酣睡是丈夫所赐。

今晨醒来后一身轻松，也是这个原因。

波子起得比平时晚，早饭也晚了。

"爸爸,您今天上午有课吧?该出门了……"

高男催促父亲。

"嗯,你先走吧。"

"是吗?我今天也可请假。"

"不行。"高男正要起身而去,矢木叫住了他,"高男,昨晚谈到的战殁学生纪念像,学校是不是担心会有思想方面的背景呢?"

品子也去厨房给女佣帮忙。

矢木在看报纸,波子对他说:

"要喝咖啡吗?"

"早饭后不想喝了。"

"今天是东京的排练日,我们也要出去了。"

"'我们的排练日',我知道。"矢木语带讥讽,"啊,就让我难得在家悠闲地晒晒太阳吧。"

正屋与偏屋之间的排练场当初是作为矢木的书库而建的,朝南一面全是玻璃窗,并装了厚窗帘,成为书房兼阳光房。

把书柜收掉,这里就正好被用作芭蕾排练场了。

矢木也许是因为年龄的关系,更喜欢在日式房间看书,也就并不反对把这里当作女儿的排练场了。

不过,他说晒太阳,意思就是要在原先的书库中。

波子不知怎的觉得有点难以离座,矢木便搁下报纸说:

"波子,你见过竹原了吧?"

"见过了。"

波子的答话声似乎有点理亏的味道。

"是吗?"矢木淡定地说,"他还好吧?"

"还好。"

波子看着矢木的脸,并不转移视线。当注意力集中在自己的眼睛时,她觉得眼眶里渗出了泪水,于是想眨眼睛。

"应该不错,听说竹原的望远镜和照相机生意做得挺好。"

"是吗?"波子的声音有点嘶哑,于是又说,"我倒没听说这事……"

"他不会跟你谈买卖上的事,从前不就一直这样吗?"

"欸。"波子点头,移开视线。

从镶在纸拉门上的玻璃看出去,杉树的影子落在庭院地上,那是杉树树梢的影子。

有三只从后山下来的竹鸡时而走进这树影,时而又走到阳光中。

波子的怦怦心跳刚平静下来,心头便又一种僵硬的感觉。

但她觉得丈夫的表情中带着一种温和的同情,便望着院子里的野鸡说:

"我们或许会要把偏屋卖掉,竹原既然在偏屋住过一段时间，我就想先跟他谈谈……"

"哦，是吗……"

然后矢木就陷入了沉默。

波子想起自己跟竹原说过：矢木说声"哦……"，做出一副深思熟虑的样子，其实就是在心中算计了。

果然他现在又是"哦……是吗……"，本来是件可笑的事，波子却很难堪，她为自己在竹原面前竟如此贬损丈夫而觉得可耻可憎。

"你也太客气了。"矢木笑着说，"因为竹原在偏屋住过，于是卖偏屋时就要征求他的谅解，这种礼仪不是有点莫名其妙吗？"

"并不是要征求他的谅解。"

"哦，那就是你觉得对不起竹原啰？"

波子如芒在背。

"算了，我不想再谈偏屋的事了，留作以后再说吧。"矢木倒像是抚慰波子似的，"再不走就要耽误排练了吧？"

波子在电车上发愣。

"妈妈，可口可乐的车子……"

被品子这么一说，波子往窗外看去，一辆红色车身的箱车开过。

快到程谷车站时，枯草坡上一幅警察预备队的招募广告映入眼帘。

来去东京时，矢木都是乘横须贺线的三等车厢。

波子因此也乘三等车厢，时而也乘二等，她同时持有三等的月票和二等的计次券。

品子练舞活动量大，演出又很重要，为了不让她劳累，母亲若陪着她时，一般都乘二等。

但是在上二等车厢前，应该是见到三等车厢的混杂，而今天在听到品子说"可口可乐的车子"之前，波子并未意识到自己身处二等车厢。

品子是个多数时间话不多的姑娘，在电车上也不大主动说话。

波子忘了旁边的品子，从自己一直想到别人，陷入种种思绪之中。

波子毕业于有奢华之称的女子学校，有不少同学都嫁入名家或富家，此类家庭因战败而急剧败落，她们又没有操持过家务，所以进入中年后便会因旧道德的动摇而受冲击。

也有不少同学与波子夫妇的情况一样，不靠丈夫养家，而凭妻子娘家的补贴过日子。这类夫妇也失去了安定的生活。

"所有的婚姻都各有其非凡之处……即使是两个平凡的人走到一起，他们的婚姻也会变得非凡。"

波子对竹原说过的这番话中，包含着她因这些同学的实例而引发的实感。

维护夫妇生活的墙脚和房基一旦崩塌，平凡的外壳破碎，便现出了本来的非凡。

比起自己的不幸，人们据说更多的是由别人的不幸而学会认命的，但波子学会的不仅是认命，还因惊讶于别人的情况而清醒认识到自己的处境。

她有位同学曾爱上别的男人，但在与那个男人分手后才体会到与自己丈夫的婚姻之乐。还有一位同学，因为有了个二十多岁的情人而对丈夫也恢复了年轻时的热情，可是一旦与那个年轻男子疏远后，对丈夫也就变得冷淡，反致丈夫猜疑，于是她又像从前那样从别的源泉汲取爱情来倾注于丈夫。这两位同学的丈夫都没有觉察到妻子的秘密。

在战前，波子的同学们即使聚在一起，也不会如此敞开心扉畅所欲言。

电车从横滨开出后，波子说：

"今早你父亲没碰龙虾，不会因为是剩下的吧？"

"不会。"

"我现在想起一件事：那是我们婚后不久，有一次用点心招待客人，客人走后你爸爸要抓来吃，我说别人吃剩的东西你别吃，无意中口气有点生硬，你爸爸当时的表情有点怪异。不过细想一下，点心如果分别放在一个个小碟子里，各人一份，客人剩下的那份就觉得不大干净，但若放在一个大盘子里端出来，即使剩下，感觉也就不一样了。这说的是点心，其实我们的习惯和礼仪中，这样的情况多得很呢。"

"欸，但龙虾与点心不一样，爸爸大概是在跟妈妈使个小性子吧。"

波子在新桥站跟品子分手，转乘地铁去日本桥的排练场。

前年开始，品子加入大泉芭蕾舞团，在该团的研究所上课。

波子虽也在教授芭蕾，但为了品子的前途，还是让女儿离开了自己。

品子常去日本桥的排练场，在北镰仓的家中，她偶尔也会给母亲代课。

波子却极少去女儿所在的研究所，大泉芭蕾舞团公演时，她也尽量不在后台露面。

波子的排练场在一座小楼的地下室。

矢木要别人帮他剥虾壳，难道真的是在使小性子？波子往地下室去的时候还在想着品子这话。

隔着玻璃门，波子看见助手日立友子在用拖把擦地，便站了下来。

友子干活时仍穿着件黑色大衣，这件大衣是老式的衣领，下摆与上面一般粗细，而且显短。她比品子矮，所以把这大衣送给她时，觉得长度不会不合适，但看起来还是显得过时了。

"辛苦了。早啊。"波子说着走了进来,"天冷,生个炉子吧。"

"您早。一动就暖和了。"

友子像是刚意识到自己还穿着大衣,便脱了下来。

她身上的毛衣是用旧线重织的,裙子也是品子穿过的。

友子的舞姿和动作都有着一种胜过品子的优美,给波子当排练助手未免可惜,波子劝她跟品子一起去大泉芭蕾舞团,品子也邀她,但友子始终声称只想跟在波子身边,这似乎也不仅仅是出于恩义之感,而是友子把为波子尽力当作了自己的幸福。

品子演出的日子,友子紧随身边,为她化妆换衣,忙前忙后。

友子比品子大三岁,今年二十四岁。

她是单眼皮,但累了就常会变成双眼皮。

在煤气炉前,友子接过波子脱下的大衣。今天她变成了双眼皮,波子猜她擦地板时是在哭泣。

"友子,你有什么难过的事吗?"

"是的。以后告诉你,今天算了……"

"是吗?等你方便时吧,不过,尽量早点告诉我。"

友子点点头,然后去换了排练服过来。

波子也穿了排练服。

两人手抓把杆做屈膝练习,但友子的样子异于往常。

从早晨起就下着冷雨，今天是波子在自己家里授课的日子，上午她在为友子改制品子的旧衣服。

镰仓、大船、逗子一带的女孩们放学后来这里练舞，只有二十五人，所以无须分组，从小学生到高中生，各种各样的年龄，来的时间也不统一，波子觉得难教，又怕劳而无功，但学生的人数看涨，在经济上也不无小补。

但上课的日子里晚饭就要迟了。

"我回来了。"品子进了排练场，取下包在头上的白毛线围巾，"好冷呀。听说东京从昨晚开始就是雨夹雪，今早屋顶和庭院石头都白了……我和友子一起回来的。"

"是吗……"

"友子去研究所看我的。"

"老师，晚上好……今天我也想来见您。"

友子站在门口说，随即又向姑娘们问好。

姑娘们也向她问好，她们都认识友子。

有的姑娘见了友子进来便两眼放光。

"友子，你去泡个热水澡吧，跟品子一起。我这里马上就结束了。"

波子说罢便转身朝向姑娘们，友子跟在她后面说：

"老师，让我也一起练吧。"

"是吗？那就代我一会儿好吗，我去准备一下你的晚饭。"

走下天然石材砌成的台阶时,品子低声说:

"妈妈,友子好像有什么事,今天您不在东京,她就一副六神无主的样子。"

"一周前她就这样,今天怕是来告诉我的吧。"

"什么事情呢?"

"问了才能知道呀。"

"我再给她一件大衣好吗?"

"好呀,给她吧。"

下了两三级石阶后,波子说:

"她母亲没能照顾好她,虽然只有她俩住在一起。"

"她跟母亲一起……友子的母亲也工作吧?"

"是的。"

"把她俩接到咱家来住好吗?"

"问题没那么简单。"

"是吗?在回家的电车上,她看着我时一副悲伤的样子,我脸上虽然紧裹着围巾,但因网眼很大,所以还是知道她也透过毛线的洞眼在看我,但我只作不知,任她去看。"

"品子就是这样的人……"

"她盯着我的手看。"

"是吗?大概是她一直觉得你的手好看吧?"

"不是呀。她的目光挺忧伤的。"

"也许是因为自己忧伤,就会盯着自己觉得好看的东西看了吧。等会儿你问问她。"

"这种事情不好问的。"

品子停下脚步。

两人走到庭院,雨变小了。

"见过一幅画,是日本的美人画,大头画像,用漂亮的工笔手法,把上睫毛画得很长,伸向眼睛里面,几乎碰到黑眼珠了……"品子顿了一下又说,"见了友子的眼睛,我就想起那画。"

"是吗?友子的睫毛没那么浓吧。"

"垂下眼帘时,上睫毛的影子就映在下眼睑上了。"

听见练舞的脚步声,波子抬头去看,说:

"品子,你也过去吧。"

"是。"

品子轻捷地沿着被雨淋湿的踏脚石往上走。

晚饭前品子叫友子一起去浴室,友子刚脱下大衣,另一件大衣便从后面披上她的肩。

"把手伸进去试试。"

友子还穿着排练服。

"若是能穿,你就穿着。"

友子一惊,缩着肩膀说:

"啊呀,不行,不能这样。"

"为什么?"

"我不能要。"

"我跟妈妈也说好了。"

品子麻利地脱了衣服,进了浴缸。

友子跟在后面,抓着浴缸边沿说:

"矢木先生洗过了吗?"

"我爸爸?洗过了吧。"

"你母亲呢?"

"在厨房。"

"我不该先洗,冲冲就行了。"

"没关系……天冷呢。"

"我不怕冷……习惯了用凉水擦汗。"

"跳过舞后……"

品子大概在浴缸里浸得太深,弄湿了发梢,她甩甩头,用手捋了捋头发,说:

"我家浴室太小了吧。东京研究所被烧掉的浴室很大,可好呢,可以一边冲一边跳舞,小时候不是常跟你光着身子学跳舞吗?还记得吧?"

"记得。"

友子简单地回复一句,就蜷着身子泡进热水中,像是慌忙藏起身子,然后双手掩面。

"我待盖自己的房子时,还要建一个大浴室,或许也要在浴室跳舞呢。"

"我从前就皮肤黑,一直羡慕品子……"

"那不是黑,人家都说是有味道的肤色吧……"

"哎呀!"

友子刚显出羞态,就又不由自主地拿起品子的手来看。

"怎么啦?"

"没事。"

友子说着把品子的左手放在自己的左掌上,右手抓着品子的指尖看,然后翻过品子的手去看手掌,轻轻地碰了一下又立刻放开了。

"一双宝手呀,体现着优雅的精神。"

"别这样。"

品子把手藏进热水中。

友子从热水中伸出左手,把小指靠近唇边说:

"是这样的吧?"

"欸?"

友子把自己的手浸在水里说:

"在电车上……"

"啊,是这样吗?"品子说着举起右手,稍稍犹疑后用食指和中指指尖轻触嘴唇斜下方,"是这样吗?中宫寺的观音菩萨……广隆寺的观音菩萨……"

"不对。不是右手,是左手。"

友子说道,但品子已将无名指指尖架在拇指指肚上,做着不知是观音还是弥勒的手势。

于是她的表情也自然地被带入佛的思维之中，微微低头，轻阖双眼。

友子差点叫出声来。

但品子瞬间就睁开眼说：

"不该用右手吗？如果不用右手就会显得怪怪的。"她看着友子，"广隆寺的另一尊观音手指很像中宫寺的手指，那是皇室珍藏的金铜佛像，一尊大头如意轮观音像，手指伸得笔直，就像这样。"品子说着随意地用指尖去点右颌，"这是妈妈的舞蹈动作，我还记得。"

"那不是佛的姿势，而是品子自然做出的手势，就像这样用左手……"

友子说着又像刚才那样用左手的小指去点嘴唇旁边。

"啊，是这样……"品子也学着用左手，"佛用右手，所以人就该用左手了吧。"

说完后品子笑着出了浴缸。

友子还泡在热水中说：

"是的。人在思考问题时，好像多数是用左手支着下巴的……在回来的电车上，你做这个姿势时，手背发白的地方，对应的手掌处就显出淡红色，衬得嘴唇也很招人。"

"瞎说。"

"真的，嘴唇就像花蕾一样。"

品子低头洗脚，说：

"我常常都是这样吧，自己却没有意识到，也许就是在模仿妈妈的舞蹈动作。"

"品子,你再做一遍广隆寺佛像的手势……"

"像这样吗?"

品子挺胸阖眼,用拇指和无名指围成个圈,然后靠近面部。

"品子,你跳个《佛手》舞,我来扮演飞鸟少女跳拜佛舞。"

"不行。"品子摇头,放弃了佛像的姿势,"那位观音菩萨的胸是平的,没有乳房,不就是男人吗——并无拯救女性的愿望……"

"啊?"

"在浴室里模仿佛像的姿势已经是过分了,以这样的心境是不能跳《佛手》舞的。"

"啊呀。"友子如梦初醒般爬出浴缸,"我是认真地对你提这个要求的。"

"我也是认真对你说这话的。"

"也许你说得对,但我是想你跳给我看。"

"欸,等到我也有了一点佛心后再说吧,待我什么时候也想跳日本古典舞了……"

"我等不得……或许明天就会死了。"

"谁明天会死?"

"人……"

"是吗？如果明天就死，你就把我今晚在浴室里学的一点动作当作在跳《佛手》舞吧。"

"好吧。如果不是把这当作学动作，而是真正想跳舞，那就更好了，哪怕明天就死……"

"明天不会死的。"

"我说的死只是打个比方，我说的明天也同样如此……"

"天有不测风云……"

说到这里，品子突然噤声，看着友子。

眼前是友子活生生的裸体。与品子相比，友子的肤色虽说较黑，但在品子的眼里，友子各个部位的肤色会有微妙的变化和浓淡的差异，例如脖子是小麦色的，胸乳处从乳根到乳尖渐次显白，而心窝处又变暗。

"说不愿拯救女性，你这是真心话吗？"

友子嘀咕道。

"也并非玩笑话吧。"

"咱俩跳《佛手》舞吧，让我也跳……你母亲的《佛手》虽是独舞，但我想也不妨加进一个向佛礼拜的飞鸟少女，只要请作曲者再添一点东西进去……"

"有了拜佛的舞，佛的舞蹈可能就轻松了，因为有你帮我遮丑……"

"不是遮丑……是我向你礼拜。我的舞蹈对你的佛舞究竟会起破坏作用还是帮衬作用，对此我虽无自信，但我会与你一起尽力设计好少女的礼拜之舞,要向你母亲请教……"

品子有点被友子的热情震撼,说:

"虽说是舞蹈,但我实在羞于受人礼拜。"

"我想用舞蹈向你礼拜,作为青春友情的留念……"

"留念……"

"是的,我青春的留念……哪怕是现在,你一闭上眼睛,你的眼睑就是佛的眼睑,那样就行了。"

友子虽然赶紧改口,但品子还是觉察到她最近就会离开她们母女。

晚饭后,趁着友子也在厨房帮忙,波子过来小声说:"品子爸爸在听新闻,好像忧心忡忡的样子,这里收拾完了咱们去品子的屋。她爸还是战争恐怖症的老毛病,说自己要在下一场战争爆发前就死。"

品子她们不敢出声,这时收音机里七点钟的新闻节目已经结束。

"咱们在厨房里要是开心起来大点声,你爸就会不开心。"

品子与友子对望了一眼,说:

"战争可不是咱们引起的呀……"

二十多万中国军队越过国境,联合国军开始总撤退,麦克阿瑟司令十一月二十八日宣布:"我们已完全面对一场新的战争……急速结束朝鲜战乱的愿望已被粉碎。"在他讲话的四五天前，联合国军曾逼近边界，转向最后的总攻击，但形势又急转直下，美国总统十一月三十日会见记者时说："政府为了应对朝鲜新的危机，正考虑在必要时对中国军队使用原子弹。"英国首相据说已赴美与美国总统会谈。

波子过了二十分钟后来到品子住的偏屋。

"雨虽停了，外面好像挺冷，友子今晚就住这里吧。"

"欸，"品子代友子答道，"就是这样打算才一起回来的。"

"是吗？"波子也靠近火盆坐下，看着放在那里的大衣说，"品子，这是要给友子穿的吧？"

"欸，可是她怎么也不肯穿，说我战后做了三件大衣，可不能让她拿走两件。她可真会算账……"

"不是跟你算账，"友子打断她话，"以后还会下雪，没有换洗的可就麻烦了吧。品子演出在后台时或遇其他什么场合，总不能穿件脏兮兮的大衣。"

"没关系。其实我今天早上也在试着改品子的旧衣服……"波子喘了口气，继续说，"不过，旧大衣、旧衣服都顶不上什么用场了。友子，你难过的事情……今晚说说吧。"

"嗯。"

"如果是我力所能及的，我都会尽力去做。至今为止，都是你在帮我而非我在帮你。你在身边为我尽力的这些年月，我觉得在我一生中也是一段宝贵的时间。这段时间很短，也不可能永远持续，所以我必须珍惜你，一旦你结婚，这段时间也就结束了。"

"可是友子的烦恼并非在于婚姻问题吧。"

友子点头。

"我自小就有点过分习惯于别人的好意和亲切，也明白自己是在过于心安理得地享用你的尽心尽力，所以也会希望你早点结婚，离开我身边。"波子看着友子，"你的婚姻、成功、生活都很容易为我而牺牲，你始终是在一心一意地为我献身来着。"

"怎么能说牺牲呢？我对您的如此依赖就是我人生的意义。您和品子对我竭尽关照，哪怕能为您做出一点献身之类的事情，我都会觉得是自己的幸福。对于没有信仰的我来说，只有为您献身才是我的幸福。"

"是吗？没有信仰？"波子像是在重复友子的话，也像是自己在反思，"这么说来……"

品子嘀咕道：

"战争结束时，我十六岁，友子十九岁，都是虚岁……"

"友子说没有信仰，这样的人却对我奉献了全部力量，所以……"

听了波子这话，友子摇头说：

"我有事瞒着老师了。"

"瞒着我？什么事？你生活中难过的事情？"

友子又摇头。

波子又问，友子仍不回答。

"如果不好对我说，以后告诉品子吧。"

波子留下这话，过了一会儿就回正屋去了。

并排铺好被子，关熄枕旁的灯后，友子告诉品子，自己想离开波子出去工作。

"想到你会这样了，妈妈也为没能好好照应你而感到抱歉。"品子在枕头上把脸转向友子，"不过，如果是因为这事……"

"不，我们没问题，不是因为我和母亲的事。"友子欲言又止，然后说，"是因为孩子的病，实在没有办法，孩子的性命要紧。"

"孩子……"友子应该是没有孩子的，"你说孩子，哪里的孩子？"

友子说出了真情：那是自己心上人的孩子，他的两个孩子都因肺病住进医院。

"他妻子呢？"

"妻子身体也不好。"

"是个有妻子的人……"品子语气突然变得尖锐，"还有孩子？"

"是的。"

"你是为他的孩子去工作?"不见回答,品子又对着黑暗中的友子叫道,"友子!"

"这就是你说的献身?我真不明白,不明白这个人是怎么想的,难道就为了自己孩子生病而叫友子去打工?"品子的声音颤抖了,"你会去喜欢这样的人?"

"不是他叫我去工作,是我自己想这样。"

"那也一样,这个人太过分了。"

"不是的,品子……他孩子的病是在我喜欢上他以后降临到他身上的,这难道不是灾难或命运吗?发生在他身上的事也已经发生在我身上了。"

"可是……他的妻子、孩子要你去为他们挣活命钱,这难道应该吗?"

"他妻子、孩子都不知道我的事。"

"是吗?"品子嗓子似被卡了一下,放低声音说,"孩子多大了?"

"大女儿十二三岁了。"

品子从孩子的年龄推断父亲的年龄,友子的这位应该四十来岁了吧。

品子睁开眼默不作声,便听到黑暗中友子枕头在动的声音。

"我要是能生孩子也该生过了,我应该会生个健康的孩子……"

这话让品子听来不啻于白痴，品子似乎讨厌起友子了，觉得她不洁。

"那是我的自言自语，对不起了。"友子感觉到了品子的念头，"我愧对品子，但话不说到这份上就不是真话。"

"你一直在说假话。你难道真的是要为了人家的孩子做奉献？如今这话听来……还是假话。"

"不是假话。虽不是我的孩子，但是他的孩子，而且人命关天。他所珍贵的就是我所珍贵的，他的难处就是我的难处。这纵然不是真正高尚的真实，却是我自己所依恃的真实。出于道德你谴责我，出于理性我哀怜自己，但这些都治不好他孩子的病吧？"

"可是，即使治好了病，之后如果知道是友子出的钱，你想他的妻子和孩子会是怎样的心情？会来谢你吗？"

"结核病菌可容不得我多想这些。以后即使他孩子恨我，那也毕竟意味着人活下来了。如今他为孩子的病在拼尽全力，所以我觉得自己也要拼尽全力帮他，仅此而已。"

"他自己拼命工作不就行了？"

"老老实实干活的人，哪里能赚得一大笔钱呢？"

"你又如何去赚呢？"

友子难以启齿地说出自己要去浅草小屋打工的想法。波子从她的口气揣测她是要去当脱衣舞娘。

爱上一个有妇之夫，为他孩子的治疗费去跳裸舞——

品子对友子的决定只能讶然。

如同身处噩梦之中,品子已难以做出善恶的判断。这是女人爱的献身也罢,牺牲也罢,友子要在浅草小屋中以裸体示人,这似乎是她业已决定的现实。

她俩自小就相互激励,即便在那场战争中仍偷偷地坚持练古典芭蕾,而今天难道就被友子派上了这样的用场吗?

品子知道,不管自己怒而阻止或泣而乞求,一根筋的友子肯定都会不予置理,一条道走到黑。

"如今都讲自由、自由,但我的自由就是把自己的自由奉献给所爱的人。我有这样的自由,有我信仰的自由。"

友子的这番话,品子以前也曾听过,当时她认为友子说的所爱的人可能是自己的母亲波子,难道她那时就已爱上了那个有妇之夫?

今晚在浴室,友子表现出平时没有过的羞怯,这也许是因为她不久就要出去跳裸舞了吧。

友子的裸体浮现在品子的眼前,她或许已怀过孩子了吧?

翌晨友子醒来时,品子已不在床上。

友子觉得自己睡过头了,慌忙打开雨窗。

友子昨晚是睡在松山、杉山包围之中,面对竹丛,西面小山上稀疏的松树间,富士山依稀可见。来自东京战后废墟的友子深吸一口气,突然觉得一阵眩晕,便抓住玻璃

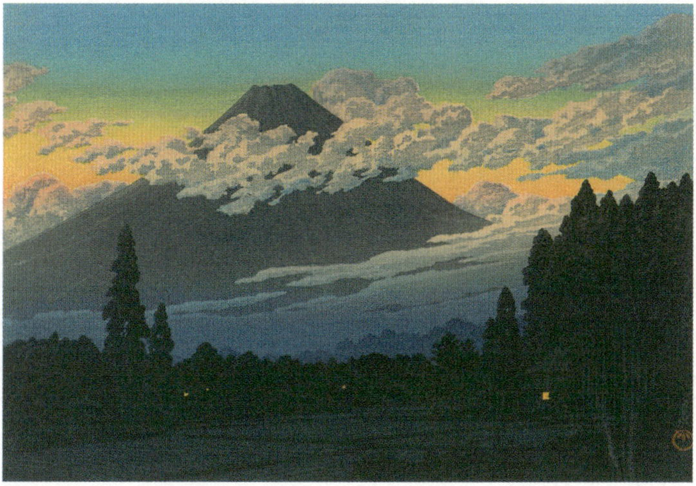

窗蹲了下来。

　　垂在她眼前的树枝像是枝垂樱,垂枝下面的小株山茶正在开花,花色浓赤,带有斑点。

　　波子踏着木屐从正屋出来,在庭院里站下说:

"早安。"

"老师早安。这里太安静,让我睡过头了。"

"是吗?昨晚睡得太晚了吧?"

"品子呢?"

"早晨天还没亮就钻进我被子,把我弄醒了。"

　　友子抬头看波子。

　　波子的脸到胸部都映着竹叶的影子。

"友子,给你这个……放到你的手包里去……你可以把它卖了。"

　　波子伸出手里握着的东西,友子却难以去接,便问道:

"是什么?"

"戒指。赶紧收好,别让人看见。今早我都听品子说了。我想把这偏屋卖了,你再等一等。"

　　手里被塞进了装戒指的小盒子,友子眼中噙泪,身体伏倒在地。

冬之湖

传来《天鹅湖》的音乐。

这是芭蕾舞剧第二幕中白天鹅的舞蹈。

先是白天鹅公主与王子齐格弗里德的双人舞,接着是四只小天鹅舞,然后是两只白天鹅的舞蹈……

伏在檐廊边的友子顿时挺起胸膛说:

"品子……是品子!"像是因音乐的影响,又有新的泪水流到友子的脸颊,"老师,品子一人在跳呢。昨晚听我说了不愉快的话,所以在跳舞解烦呢。"

"在跳四小天鹅舞吗?那是四个人跳的呀……"

波子说着抬头去望岩上的排练场。

后山松林对面有一片白云,早晨的阳光穿过云边一直照到云的中间。

友子眼前浮现出舞台上浪漫的舞蹈场景。

一个月夜,一群白天鹅游到山间湖畔,变身美丽的姑娘翩翩起舞。她们本来是因魔鬼罗特巴特的魔法而被变成白天鹅之身的,但夜里在这湖畔可以有一段短暂的时间恢复为人。

也是在这一幕,白天鹅公主与王子立下了爱情的山盟海誓。不曾经历过恋爱的年轻人在恋爱之后,据说就可以凭借爱情的力量摆脱魔咒。

友子还在等着《天鹅湖》的音乐继续,但第二幕的白天鹅舞结束后,排练场就一片寂静了。

"已经结束了……"友子像是在追寻自己的遐想,"真希望继续跳下去呀。老师,在这儿听着音乐,我就像是看到了品子的舞蹈。"

"是呀,因为你对品子太了解了。"

"欸。"友子点头,"可是……"刚想说什么,一阵热闹的节日音乐像是大梦初醒似的响了起来。"啊,《彼得鲁什卡》[1]……"

在彼得鲁什卡镇广场的杂耍小屋前,参加狂欢节的人群在翩翩起舞。

这张唱片是由斯托科夫斯基[2]指挥,费城交响乐团演奏,JVC 出品的。

友子的眼被泪水浸湿,越发熠熠生辉。

"啊,我也想跳。老师,我去跟品子一块儿跳。"友子站起身来,"我与芭蕾的告别……彼得鲁什卡的节庆舞

---

1 《彼得鲁什卡》,俄罗斯作曲家斯特拉文斯基作曲的芭蕾舞剧。
2 斯托科夫斯基(1882—1977),美籍波兰裔指挥家。

就挺好。"

波子回到主屋便与矢木两人吃早饭。

高男已先去上学了。

排练场反复传来《彼得鲁什卡》的第四场音乐。

"今早真像过节般热闹。"矢木说,"真是伟大的噪音。"

这是《彼得鲁什卡》第一幕第四场的舞蹈。第一场和第四场的场景是狂欢节时镇上的同一个广场。第四场时已近黄昏,人海的喧闹声一阵高过一阵。

组曲中第四场的欢闹被灌成三面唱片,手风琴、铜管、木管乐器相互交响、纠缠、激奋,描绘出一幅杂沓的狂热景象,接着是保姆之舞、牵狗熊的农夫之舞、吉卜赛人之舞、车夫与马夫之舞、假面舞会等场景,"伟大的噪音"就是某人听了《彼得鲁什卡》后所作评价。

"品子她们在跳什么角色呢?"

波子这样说,而节庆的人群都是即兴而舞,各种舞蹈也都是一片欢闹、令人眼花缭乱。

不久,雪花飞扬,小镇上灯,热闹粗野的欢乐达至高潮,木偶彼得鲁什卡失恋于木偶舞姬,结果在狂欢的人群中被情敌摩尔人木偶斩杀,然后彼得鲁什卡的幽灵出现在杂耍小屋的屋前,这场悲剧落幕。

然而品子她们所放的节庆音乐仍在起居室反复持续地

回响。

"早饭前就如此热闹,可是品子她们大概不曾去想过尼任斯基[1]的悲剧吧。"

矢木朝着排练场方向自言自语道。

波子也看着同一方向说:

"尼任斯基……"

"是的。尼任斯基的精神错乱难道不是战争的牺牲品吗?据说他头脑开始失常时就呓语似的念叨着'俄罗斯''战争'。尼任斯基曾是个和平主义者、托尔斯泰主义者。"

"他今年春天终于死在了伦敦的医院。"

"他从第一次世界大战开始就精神失常,一直活到第二次世界大战之后,时间可够长的。"

矢木大概是想起了《彼得鲁什卡》是尼任斯基的得意之作,故有此言。

最近矢木以《平家物语》和《太平记》等战争题材的古典作品为主要研究对象写作论文,题目是《日本的战争文学中体现的和平思想》。

品子她们的《彼得鲁什卡》显然在他上午执笔前扰乱了他的思路。

---

[1] 尼任斯基(1889—1950),波兰裔俄罗斯著名芭蕾舞演员,后因精神障碍离开舞台。

音乐停息后,品子和友子仍未回到正屋,波子便过去看,排练场只剩品子一人在发呆。

"友子呢?"

"回去了。"

"早饭也不吃?"

"她要我把这还给妈妈……"

品子手里握着装戒指的小盒。

品子没有把这个戒指盒递过来,波子也不会去接。

"我尽力挽留她,说我和妈妈也要出去,让她跟我们一起走,但她说过要回去,就不会再听我的了。"品子起身朝窗边走去,"真是个怪人。"

波子坐在椅子上盯着品子的背影看了一会儿,说:

"你这样会受凉的,换了衣服去吃饭吧。"

"是。"品子的排练服外披着大衣,"友子说不好意思见我父亲。"

"或许是的。昨晚哭过,没有睡好,从外表就能看出来。"

"我也迟迟不能入睡,但实在筋疲力尽,后来突然就睡得沉沉的了。"品子从窗前转过身来,"不过,她把大衣穿走了,把您改过的羊毛连衣裙也收下带走了。"

"是吗?那就好。"

"她说,即使离开您出去打工,以后一定还会回到您身边的。"

"是吗？"

"妈妈，友子那样能行吗？您打算怎么帮她？"品子盯着波子走了过来，"她必须跟那男人分手吧？我让她离开那男的。"

"我要是早点发现就好了。虽然早就觉得她的样子有变化，但为我做事仍一如既往，也许可以说友子实在善于隐瞒吧。"

"那个男人不好，她难以启齿。我让她跟那种人分手。"品子断然地重复道，"不过，要想瞒过妈妈倒是轻而易举的事。"

"你也有事瞒着我吗？"

"妈妈知道吗，爸爸的事……"

"爸爸的什么事？"

"爸爸的存款……"

"存款？爸爸的……"

"为了不让家里人知道，他把存折放在银行。"

波子的脸色由惊讶转为苍白。

但在下一个瞬间，一种难以言表的羞耻一浪高过一浪，波子的面部肌肉变得僵硬。

这种羞耻感染了品子，品子也涨红了脸，反倒难以抑制地说道：

"高男先知道的。他偷了出来，于是我也知道了。"

"偷？"

"高男偷偷地把爸爸的存款提出来了。"

波子放在膝盖上的手发抖了。

据品子说，父亲让母亲挣钱养家，自己心安理得地过着不劳而获的日子，却还要私自存钱，这让遵从父亲的高男也难以原谅，便把父亲的存款取了出来。

日后父亲看了存折后发现，也知是家里人所为，只好将这当作一种无言的非难或警告吧。

"连存折都放在银行，却还是被取走了存款，不知父亲会是怎样的心情。"品子站着说，"他也太过分了吧，跟友子的男友差不多。"

"是高男偷的吗？"

波子好不容易才用颤抖的声音嘟哝了一句。

波子觉得无地自容，也不敢正视女儿，接着是一阵阴冷的恐怖让她觉得恶寒。

矢木除了在某大学任职外，还在两三所学校兼职，现在冒出很多新建的大学，他还去地方上的学校做短期授课。除了这些收入，多少还有一部分稿费和著作的版税。

矢木不让波子知道自己的收入，波子也无意硬要去打听，对于结婚当初形成的习惯，她难以主动去改变，这既有她的原因，也有矢木的原因。

波子并非不觉得丈夫卑怯、狡猾，但她做梦都没有想到矢木会瞒着家里人存钱，存钱倒也罢了，竟然连存折都要放在银行。如果作为一个养家的男人这样做尚可理解，而矢木却完全不是这么回事。

矢木需交所得税，这波子也知道，但他不从家里交税，而好像是将学校的宿舍之类作为自己的纳税地，波子也没太在意，觉得也许那样比较方便，现在却要怀疑是有意不让她知道自己的收入了。

波子不寒而栗。

"我的一切都可以不要，任何东西都在所不惜了。"

她边说边按着额头站了起来，从唱片架旁边的书架抽出一本东西，说：

"咱们走吧。"

"好像还是友子那样好。我们都变得一无所有，让爸爸来养。这样高男和我都要自己打工了。"

品子挽起母亲的胳膊，走下石阶。

波子在去东京的电车上不想再跟品子谈友子、谈矢木，只想看看书，这时发现带出来的那本书中有尼任斯基的传记。

刚才是下意识地从书架上抽出的书，波子觉得自己头脑中也许还是有了矢木所说的"尼任斯基的悲剧"。

"下次如果再有战争，我会把氰化钾留给自己，把深山里的烧炭小屋给高男，把十字军时代的那种铁制贞操带给品子。"

当品子她们的《彼得鲁什卡》音乐停息后，矢木说了这话。波子为了掩饰自己的不悦而说道：

"给我什么呢？难道把我遗漏了吗？"

"啊，对了，忘了还有一位呢。你就在这三者中选一样自己喜欢的吧。"

矢木放下报纸，抬起头说。

丈夫这副圆满、柔和的面相让波子有一种不知所措的感觉，她刚扫了一眼报纸上的大标题，矢木又接着说：

"品子的贞操带钥匙由谁掌握也是个问题，就把钥匙给你吧。"

波子默默地起身，向排练场走去。

听起来是句令人不快的玩笑话，但自知道矢木存款的秘密之后，波子每当想起就难免有点恶心。

"今早你父亲听到《彼得鲁什卡》时说你们大概都不曾去想过尼任斯基的悲剧。"

波子对品子这么说，并把《芭蕾读本》递给了她。这是一位在日本的俄罗斯芭蕾舞演员写的书。品子接了过来，却说：

"我读过几遍了。"

"是呀，我也在读，却不知怎的把它带了出来。你父亲说：尼任斯基难道不是战争和革命的牺牲品吗……"

"可是，好像有医生说尼任斯基肯定从少年时代在舞蹈学校开始就发疯了。"

但是品子的话语消失在电车过铁桥的声音之中,她望着六乡的河滩,像是被勾起了什么思绪,直到过了铁桥后少顷才说:

"那位名叫塔玛拉·托玛诺娃[1]的芭蕾演员也是个可怜的革命时代的孩子,父亲是帝俄时代的陆军上校,母亲是高加索姑娘,父亲在那场革命中负了重伤,母亲被射中下巴,由牛车护送去西伯利亚的途中生下了塔玛拉——就在牛车上……之后在西伯利亚流浪,又被驱逐出国。亡命上海的时候,看了去那里巡演的安娜·巴甫洛娃[2]的舞蹈,小塔玛拉·托玛诺娃就立志要成为舞蹈家……托玛诺娃在巴黎的歌剧院出演《珍娜的扇子》[3]而名噪一时,被认为是天才少女,当时据说才十一岁。"

"十一岁……安娜·巴甫洛娃来日本演《天鹅湖》是在1922年呀。"

"我还没出生呢。"

"是的……我还是个女学生,没有结婚,正好在巴甫洛娃死前十年。巴甫洛娃死时五十岁,所以她来日本时差不多就是我现在的年龄。"

---

1 塔玛拉·托玛诺娃(1919—1996),美籍俄裔芭蕾舞女演员。
2 安娜·巴甫洛娃(1881—1931),俄罗斯芭蕾舞大师。
3 《珍娜的扇子》,法国儿童芭蕾舞剧。

被遣送往西伯利亚的途中，诞生于牛车上的塔玛拉·托玛诺娃从上海去了巴黎。她在上海看到了安娜·巴甫洛娃的舞蹈，后来又在巴黎被这位巴甫洛娃认可了自己的舞艺，这是她的幸运。看了年幼的托玛诺娃的排练，世界首屈一指的芭蕾舞演员被打动了，这位小舞者与自己崇拜的巴甫洛娃同舞于蒙特卡罗的舞台。

后来，托玛诺娃加入了蒙特卡罗的俄罗斯芭蕾舞团，在乔治·巴兰钦[1]的"芭蕾1933"中，年仅十四的塔玛拉·托玛诺娃担任了首席舞者。

这位表情忧郁的小个子少女，据说舞蹈中也时而可见一种孤寂的影迹。

"她现在在美国跳舞吧。应该已有三十岁了。"品子像想起什么似的，"常听香山老师说起托玛诺娃。我被香山老师带着去部队、工厂或慰问伤病员演出时也是十四到十六岁，所以……与托玛诺娃在蒙特卡罗的俄罗斯芭蕾舞团和'芭蕾1933'中作为天才少女演出时的年龄相仿。"

"是呀。"

波子点头，却又因"香山"这个品子难得提及的名字而顿时竖起了耳朵。

但波子还是岔开了话题。

"在英国，芭蕾舞团也会巡回于前线、工厂或农村做

---

[1] 乔治·巴兰钦（1904—1983），美籍俄裔芭蕾舞编导。

慰问演出，芭蕾的魅力广为普及，战后这不就被认为是芭蕾兴盛的原因之一了吗？芭蕾在日本逐渐流行，大概也有这方面的原因吧……"

"也许是的。我觉得其中就有战争中被压抑的东西所追求的解放，女性的解放也确可通过芭蕾的形式得到体现。"品子答道，"不过，我还是很怀念与香山老师步行做慰问旅行的日子，即使是去东京，在六乡川上过铁桥回来时，经常都会有一种生死未卜的感觉。去特攻队时，一边跳舞，一边就会想到死在这里算了。有卡车乘就算不错了，有时还会搭牛车。在牛车上香山老师跟我们说到托玛诺娃生在牛车上的故事，我听得哭了。遇到空袭，城里在燃烧，飞机迫近时，我们就跳下牛车躲到树下，香山老师说这就像被革命所追逐的俄罗斯人，但我觉得那也许比现在更幸福，因为没有彷徨、犹疑……我们一心只为慰问为国作战的人而搭上性命去跳舞，友子有时也跟我在一起。我那时十五六岁，在随时会死的旅途中没有畏惧，就像是被信仰附身了……"

品子至今仍觉得香山的胳膊搂在自己的肩上，这胳膊曾在那时的旅途中护卫着品子。

"别再谈战争了。"

波子本想悄声地说，却变成了疾言厉色。

"好的。"品子环顾四周，担心被人听到了，"那六乡川的河滩也大不一样了，以前建过高尔夫球场吧，战时被

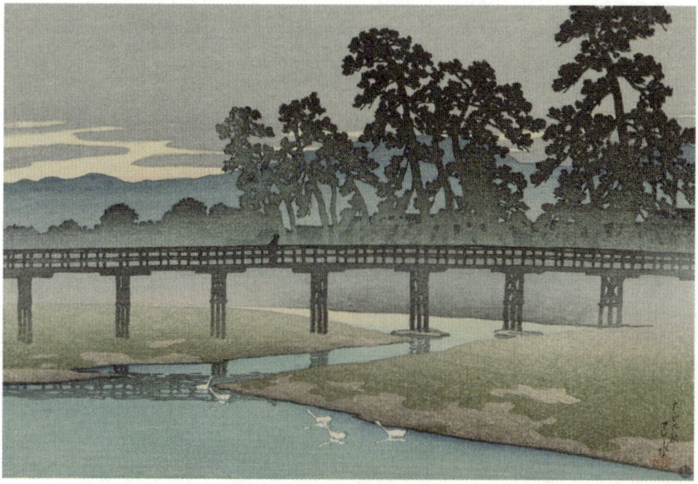

用于军事训练，然后渐渐被开垦出来，河滩全都成了麦地稻田。"说这话时，品子那对美丽的眼睛中似乎还浮现着与香山一起行走在战火之中的回忆，"战时是不会有多余的念头的。"

"那时你还小，何况大家都被剥夺了思考的自由。"

"咱家也是战争中比现在更平和，您不这样认为吗？"

"是吗？"

波子一时语塞。

"一家人那时都相依为命，不像现在这样离心离德吧。国家虽行将崩溃，家庭却未见破坏。"

"是妈妈的原因吗？"波子冒出一句，又说，"不过，你说的也许是事实，但这事实中大概也有很大的不实之处和不对的地方吧。"

"是的，会有的。"

"而且，过去的回忆若用现在的眼光，已经无法做出正确的判断。过去的事情大多是令人怀念的。"

"是的。"品子驯顺地点头，"可是，您现在的痛苦要想成为令人怀念的记忆，还得越过千山万水呢。"

"千山万水？"听了品子这话，波子露出笑容，"要越过千山万水的恐怕是你吧。"

品子默然。

"如果没有战争，品子如今大概正在英国或法国的芭蕾学校跳舞呢……"

波子在皇居的护城河上曾对竹原说过"我也许会跟去",但她现在却不对品子说这话。

"我的学习因战争而被严重耽误,妈妈您尽管为我尽力,但也许要在我的下一代身上才能见到成果了。在日本,培养一个芭蕾演员,应该要花三代的时间吧?"

"不是这样,你就挺好。"

波子使劲摇头,品子却低垂眼帘说:

"不过,我不生孩子,在世界和平实现之前绝对不生。我就是这样想的。"

"欸?"

波子看着品子,像是遭了意外的一击。

"品子,你不该滥用'绝对''坚决'之类的字眼……那不都是战时用语吗?"波子既像责备又像戏谑,"让我吓了一跳。"

"啊呀,我也就是说了这么一句,没有滥用呀。"

"你在电车上突然宣示自己在世界和平实现之前不生孩子,只能让我不知所措。"

"那么我就换一种说法:品子一个人用舞蹈等待着世界和平的实现。这样说,妈妈也能接受了吧?"

"这种说法像是把舞蹈当作宗教了。"

波子不置可否,但品子的话留在了她的心间,尽管她并未理解品子的本意。

品子是否害怕在牛车上生孩子的日子也会降临日本，或是将香山置于自己的心底，所谓等待和平其实是在等待香山的什么。

波子从品子的言行也能明白：香山已经成为她爱的记忆。这种记忆作为记忆并未消失，如今仍活在她的心间。波子自己也有着一份对于竹原的记忆在身，这如今已让她懂得少女之爱的记忆是如何刻骨铭心。品子的爱的记忆之所以还处于一种无形的静寂之中，也许是因为她还没有与其他男子结合，她若结了婚，对于香山的记忆会不会苏醒并让她痛苦呢？或许二十年后……波子将心比心地这样想道。

昨晚友子的告白或许也点燃了品子，今天早上开始她就对母亲说了许多。

品子说在日本培养出一个芭蕾舞演员需要三代的时间，这话让波子心里凉了半截。

品子关于战争中家庭更加平和的说法也确实不错，因有饥馑和性命之虞，小家庭都抱团取暖，波子对丈夫疑窦丛生并深为失望也是战败之后的事，父母之间的这种嫌隙也波及品子和高男，波子为此痛苦。"国家虽行将崩溃，家庭却未见破坏。"——品子此话不虚。

在波子沉默不语的这段时间里，品子似乎也在想些什么，她说：

"朝鲜的崔承喜[1]不知怎么样了。"

"崔承喜？"

"她也是个革命的孩子呢。据说朝鲜战争爆发之前就去了北朝鲜，所以现在也许已是革命母亲了。我最初看她的舞蹈演出，与塔玛拉·托玛诺娃在上海看安娜·巴甫洛娃跳舞大概差不多的年龄。"

"哦，那大概是1934年或1935年吧，我看了也很震惊，从无言的舞蹈中感受到了朝鲜民族的反抗与愤怒，那粗犷激越的舞蹈似是一种压抑之下的挣扎。"

"不过她后来又一夜成名，你印象深的大概是崔承喜走红之后的情况吧……无论是歌舞伎座还是东京剧场，都无人有过她那样辉煌的演出。"

"她还从美国去过欧洲演出吧？"

"是的。"波子点头，"据说崔承喜起初是想成为声乐家，她哥哥被去京城公演的石井漠[2]的舞蹈所打动，便让妹妹做了石井的弟子。崔承喜被石井带着来日本时刚从女子学校毕业，才十六岁……"

"正是我跟着香山老师四处外出跳舞的年龄。"

品子又提到香山。

---

1 崔承喜（1911—1969），朝鲜舞蹈家、舞蹈教育家，开拓朝鲜现代舞蹈的先驱。
2 石井漠（1886—1962），日本著名舞蹈家。

波子继续说:

"因为她是石井的弟子,可以认为是继承了老师的舞蹈风格,但我觉得崔承喜在首演中的舞蹈确实存在一种被压迫民族的反抗精神,这让我心头一紧。随着自己的走红,崔承喜的舞蹈也渐渐变得华丽、明快,像是灰暗的悲伤和愤怒碰壁后的痛苦、失力……朝鲜舞蹈被观众所接受,她的表演中便不再有太多的石井风格,这也是一个原因吧……不过,她去西方演出时都是以朝鲜舞姬的身份,在日本则是称为半岛舞姬。"

"她的剑舞、僧舞我都还记得。"

"她用起胳膊和肩来都很有意思。依崔承喜的说法,朝鲜是个缺乏舞蹈艺术的国家,舞蹈受到了轻视……她能从正在消亡的传统中开发出那么多新的舞蹈,但又并非仅以新奇来取悦观众。崔承喜一定是有着很深的民族意识。"

"民族?"

"一说到民族,我们就会想到日本舞,但你也不妨先不用考虑这么多……日本舞的传统色彩过于丰富、过于强烈,仅此就足以让创新的尝试变得困难,反倒易于复旧倒退,但我认为日本是世界上的一个舞蹈国度,咱们不说芭蕾,而只要看看日本的传统舞蹈,便可知道日本人确实是具有舞蹈才能的。"

"可是芭蕾与日本舞正好相反,与日本的精神和身体都是逆向而行,日本舞的动作内向而含蓄,西洋舞则外向而开放,感觉完全不同吧。"

"但是品子你们从小就受芭蕾舞的体型训练,这一米六的身高、四十五公斤左右的体重,即使在西方,作为芭蕾演员据说也是很理想的,所以你的条件还算是不错的。"

品子本应在新桥与波子分手后去大泉芭蕾舞团的研究所,但她坐过了站,到了东京站才下车,跟母亲一起来到她的排练场。

"友子没来吧。"

"会来的。以她的性格是一定会来的,在妈妈这里,她即使有事不能来,也会一本正经地打招呼的……"

"是吗?昨天不就是来告别的吗?昨晚没睡,而且谈过那种事情以后,她也不好意思来见您了吧。"

"她不是那种一走了之的人。"

波子坚信。

今天如果见不到友子,妈妈也会难过的——品子这样想,于是就跟了过来。

下到排练场的地下室,她们听到了《彼得鲁什卡》的音乐。

"是友子。"

"是呀,你瞧。"

友子穿着排练服,但没跳舞,而是靠在把杆上听音乐。

排练场已被打扫干净。

"老师早。"

友子一副不好意思的样子。她关了唱机,突然看着壁镜。

"《彼得鲁什卡》……"

品子说道,又放唱片的同一面来听,那是狂欢节的欢闹场景。

波子在镜中与友子对视,说:

"友子还没吃早饭吧?后来没回家就来这里了吧?"

"是的。"

友子的眼睛因疲倦而呈现双眼皮,却仍光彩照人。

"友子既然来了,我就去研究所了。"品子对母亲说,接着又走到友子身边把手搭在她肩上,"我跟妈妈说不知你会不会来,于是就过来看一下。"

高昂的节庆音乐和友子的体温让品子心中变得充实,友子暖暖的身子说明她刚才还跳舞来着。

"我们在电车上还谈了民族性的问题呢。"

《彼得鲁什卡》中也有着俄罗斯民族的旋律和音色。

斯特拉文斯基[1]为达吉列夫[2]的俄罗斯芭蕾舞团作曲的这出舞剧首演时由福金[3]编导,剧中可怜的小丑由华兹拉

---

1 斯特拉文斯基(1882—1971),美籍俄裔作曲家。
2 达吉列夫(1872—1929),俄罗斯艺术评论家、赞助人,以创建俄罗斯芭蕾舞团而闻名。
3 米哈伊尔·福金(1880—1942),美籍俄罗斯裔舞蹈家、芭蕾舞编导,现代芭蕾的创始人之一,作品以《天鹅湖》最为有名。

夫·尼任斯基出演,以致今早听到《彼得鲁什卡》时,矢木说到了"尼任斯基的悲剧"。

《彼得鲁什卡》首演于一九一一年即明治四十四年,那时尼任斯基二十来岁,先后在罗马和巴黎演出,受到狂热的欢迎。

《彼得鲁什卡》首演的一九一一年,尼任斯基离开俄罗斯,直到一九五〇年去世,他终生都没能回归故国。

一九一四年,尼任斯基怀念故国,在巴黎做好了旅行的准备,据说他是在八月一号买了火车票,那正是世界大战开始的日子。

他离开处于开战动乱中的巴黎,但在奥地利作为敌国人员而被逮捕,精神受到创伤,时或会有"俄罗斯""战争"之类的呓语。

好容易被释放后,他去了美国。作为首场公演,尼任斯基现身于《玫瑰幽灵》[1]的舞台上时,受到全场观众起立欢迎,人们投去的玫瑰花堆满了舞台。

但即便身处美国人的热情当中,尼任斯基却常陷入阴郁,他诅咒战争,鼓吹和平,与和平论者、托尔斯泰主义者交往。

俄罗斯发生了革命,一九一七年年底,尼任斯基终于

---

1 《玫瑰幽灵》,根据法国诗人戈蒂埃的同名诗歌编写成的芭蕾舞剧。

彻底失智，从舞台上消失，时年仅二十八岁。

据说疯后的尼任斯基在瑞士疗养的某天宣称要做即兴表演，把人们召集到小剧场。他用黑布和白布在舞台的地板上做成一个十字架，自己站在十字架的顶端，做出基督的造型，然后说：

"我将让你们看到战争，看到战争的不幸、破坏和死亡……"

一九〇九年达吉列夫的俄罗斯芭蕾舞团在巴黎首次公演时，尼任斯基作为首席男演员，立刻被世界推为天才，不久便是在半疯状态中演出。他的艺术生涯是短暂的。

一九二七年也就是昭和二年，品子出生前的两三年，达吉列夫的俄罗斯芭蕾舞团在巴黎上演《彼得鲁什卡》，并把当时已全疯的尼任斯基带上舞台。据说是因为二十三四年前首演时他曾出任彼得鲁什卡的角色，希望或许能借这个机会唤起他某些失去的记忆并使他恢复正常。

众多明星都齐聚舞台，尼任斯基首演时的舞伴塔玛拉·卡尔萨温娜以与当年相同的木偶形象靠近尼任斯基，与他接吻，而尼任斯基则羞怯地盯着她看。卡尔萨温娜用过去亲切的爱称叫他，但尼任斯基却未予理睬。

当时被拍下的一张照片上，卡尔萨温娜挽着尼任斯基的胳膊，而他却是一副错愕的表情。

这张戏剧性的旧照，品子也曾在哪里见过。

达吉列夫把可怜的尼任斯基带去了包厢。当里法尔[1]扮演的彼得鲁什卡出现在舞台上时，尼任斯基喃喃地问道：

"那家伙能跳吗？"

跳彼得鲁什卡的谢尔盖·里法尔被称为尼任斯基的再世，在尼任斯基之后成为首席男芭蕾演员。正因尼任斯基曾以出色的舞技惊撼世界，所以他看到里法尔出场后的那句"那家伙能跳吗"重又成为世间话题。

但是天才狂人的话无论是令人痛惜还是令人当真，都已成为一个姑妄听之的谜了，也许尼任斯基并不知道自己年轻时扮演的角色正在舞台上演出，昔日舞伴的友情也许只是在嘲弄着行尸走肉般的尼任斯基。

尼任斯基辉煌的生涯历经悲哀和烦忧，终于成为冬天冰封的湖泊，即便破冰探至湖底，也许已将一无所获。

"我父亲今早曾对我妈妈说：品子她们没有想过尼任斯基的悲剧吧……"

品子对友子说。

友子默然，波子于是像是应答似的说：

"矢木害怕战争和革命，所以想起了尼任斯基。"

"可是尼任斯基在战争期间仍能去世界各国演出的吧，即使疯了还是世界性的人物，辗转于瑞士、法国、英国的

---

[1] 谢尔盖·里法尔（1905—1986），法籍乌克兰裔芭蕾舞演员、编导。

疗养地,而爸爸和我们则无论发生了什么,无论成了什么样子,总是被赶进日本的纸幕中,情况是不一样的吧。"

"因为我们不是世界级的天才……也疯不了吧。"

友子说。

"但你昨晚的话有点怪异,我听了觉得你的脑子也好像不正常了。"

"品子,友子的事妈妈会跟她商量的……"

"是吗……友子若能听进妈妈的话就好,不过……"

品子整理唱片,并不去看友子。

"啊,我来收拾。"

友子急忙过来,品子扶着她肩说:

"拜托了,请你去跟妈妈说,来年春天为她的弟子举办汇报演出时,咱俩跳个《佛手》舞。"

"春天?几月?"

"还没考虑几月举办,尽早吧,妈妈,是吗?"

波子点头。

"不早了,品子,你走吧。"

出了地下室,品子无精打采地走到东京站附近后站了下来,抬头看了一会儿正在施工的钢筋混凝土建筑。

爱的力量

进入十二月后,天气持续晴朗。

舞蹈家们的秋季演出也大致结束,只有吾妻德穗、藤间万三哉[1]夫妇的《长崎的踏绘》和江口隆哉[2]、宫操子[3]夫妇的《普罗米修斯之火》留到了这个月。

吾妻德穗和宫操子都与波子年龄相仿。

波子从年轻时即十五年或二十年前起,就一直在看她们的舞蹈,吾妻德穗的日本舞和宫操子的所谓 Neue Tanz(新舞蹈)[4]虽不同于波子她们的古典芭蕾,但波子从他们的夫妻长年共舞之中有所感悟。

波子应该是与他们一样经历了日本舞蹈的时代变迁。

江口夫妇留德之前的告别演出以及归国后的首演波子

---

[1] 藤间万三哉(1915—1957),日本舞蹈家,吾妻德穗的丈夫。
[2] 江口隆哉(1900—1977),日本舞蹈家,与其妻宫操子一起在德国留学,是日本现代舞的先行者。
[3] 宫操子(1907—2009),日本舞蹈家。
[4] 新舞蹈,第一次世界大战后在德国兴起的新舞蹈,它冲破古典芭蕾的传统,追求自由表现和现代化。

都看了，至今印象深刻。那是1935年前的事情。

当时被称为"舞蹈时代来临"，舞蹈家群立，各种演出泛滥，而观众还是多过音乐会。

也正是这个时期，西班牙舞蹈家阿亨蒂娜[1]、黛莱西娜，法国的萨哈罗夫夫妇[2]、德国的克罗伊兹伯格[3]、美国的露丝·佩奇[4]等相继来演。

米哈伊尔·福金从达吉列夫的俄罗斯芭蕾舞团成立之初就以该团的编导而闻名，也正是在那段时期，波子听说他也想来日本，还说他要为宝冢和松竹的少女歌剧做芭蕾舞的指导。

纵使西洋的舞蹈家要来日本，日本却无一个古典芭蕾演员，于是波子对福金的心仪也就止于耳闻传说而已。

波子是在从未见过正宗芭蕾的情况下坚持芭蕾风格的舞蹈至今，始终不清楚自己对于古典芭蕾的基本功真正掌握了多少。

摸索、怀疑、绝望——这个过程随着年龄而在发展。

战后，日本也开始流行芭蕾，如今，《天鹅湖》《彼得鲁什卡》等俄罗斯芭蕾代表作已能由日本人担纲演出，

---

1 阿亨蒂娜（1890—1936），西班牙舞蹈家，出生于阿根廷，有"响板舞女皇"之称。
2 萨哈罗夫夫妇：亚历山大·萨哈罗夫（1886—1963）和克洛蒂尔德·萨哈罗夫（1892—1974），欧洲著名舞蹈家。
3 克罗伊兹伯格（1902—1968），德国新舞蹈流派的代表人物。
4 露丝·佩奇（1899—1991），美国舞蹈家和编舞家。

而波子仍毫无自信。

无论是让女儿学芭蕾还是自己教芭蕾，波子有时都会对之沮丧和犹豫。

若排练场上没有友子，波子就像是失去了教课的自信，难道她的自信是靠着友子的献身支撑的？

波子因疲劳而感冒，有四五天不能去排练场。

"妈妈，我去日本桥代几天课吧。"品子为母亲担心，"在友子回来之前，能让我去帮忙吗？"

"她不会回来了。不过，她既然说过要回到我身边，说不定哪天就会回来的。"

"我要去见见友子的那个男人，可是她没把姓名、住址告诉我，我如何才能知道呢……"

听了品子这话，波子只是无可奈何地说了一句：

"是吗？"

"我若去问友子的母亲，大概不太好吧？"

"好像不太好。"

波子的答话并无热情，心中同时在捉摸：岁末年初，友子的母亲大概仍会如往年一样来拜年，到时如何跟她说是好？

友子的母亲早年丧夫，靠着四五间房子的租金把友子养大，可是战火把房子全部烧光，友子去波子的排练场帮忙后，她母亲仍在附近的商店打工。波子常为无法供养她俩而于心不安，总想有一天能解决问题，岂知还没等到波子想的这一天，友子却先行离去了。

波子或许不仅仅是为了友子在等待"这一天"，她感到失落。

波子本想卖掉宝石和偏屋来帮友子，友子知道波子的家境，并以不能依赖波子为由予以拒绝。波子无可奈何，似乎感到了与友子之间性格和生活差异的冲突。

"品子别冒失去见友子母亲，她也许啥都不知道呢。"波子说，"另外，日本桥的排练场没有友子也能维持下去，你不用担心。你现在最好还是别去考虑教别人的事。"

波子担心自己心中的阴影影响品子。

波子休病假期间，有两位东京的绸缎商和一位京都的绸缎商来她家，三人都谈到自己遭窃的事情。

东京的一位在拥挤的电车上被人割了包，丢失一大笔钱；另一位则是放在电车行李架上的东西被人拿走了。

京都的绸缎商在乘国铁的电车去大阪途中，放在膝上的东西被人抢走。那人在刚要关车门发车的一瞬间，抢了东西就跳下了车。

"周围的人都'啊'的一声叫了起来，被抢的人却呆若木鸡，一声未出。"绸缎商说着站了起来，恨恨地比划着当时的情景，"他就是这样，单脚跨在车门处，做好了跳车的姿势。"

波子作为年关难过的例子说给矢木听，他却说：

"哼，物以类聚，来你这里的都是像你一样的人。"

"你大概出于同情,又稀里糊涂地买他们东西了吧?"

被矢木这么一说,波子无语。

她向京都的绸缎商买下一件自己穿的和服式短外衣,并打算也在东京那两位的手里买点什么,结果虽然没买,心里却是过不去的。

看到结城产的碎花麻布挺好,曾想为矢木买下的。若在以前,她是无论如何也要让丈夫穿上的。想到这,波子又添了一层内疚。

碎花麻布留在波子的眼中,她想把这事也告诉矢木,却先碰了一鼻子灰。

"年底时谁还会带着一大笔钱去挤电车?"

"话虽这么说……"

"很多盗窃案都发生在要关车门的时候,既然如此,最好别坐在门口。"

矢木胸有成竹地继续说道,这态度让波子焦灼不安。

"不是挺可怜的吗?这几位都关照过咱家,帮我们卖了很多旧衣服。"

"那就是买卖而已。"

"也不完全是买卖。我们都交往多年了,为我和品子精心挑选适合我们的衣服,他们战前收藏的好货中有些是自己所珍爱的,也都卖给我们,是把我们当自家人看待。我可怜他们……"

"可怜?"矢木反问,"可怜啥……你声音都发抖了。"

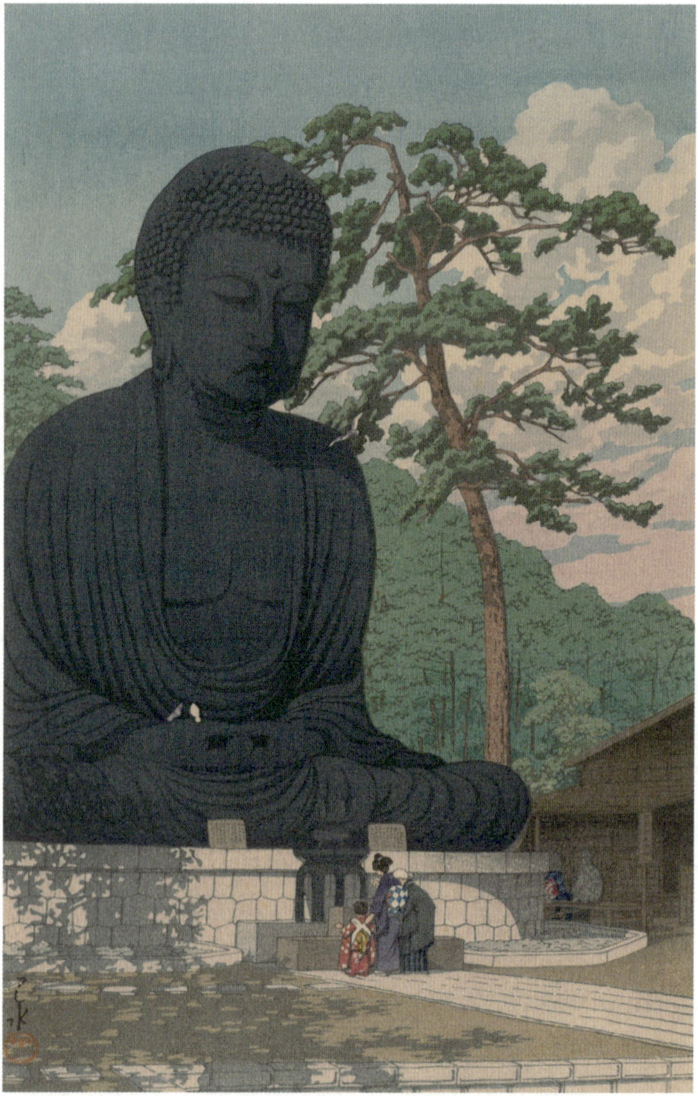

若在平时，这事也就这样过去了，这次波子却有了反应。

三位绸缎商战前都各自拥有规模相当的店家，京都那位疏散去福井时遇到地震。战争结束五六年了，三位至今仍没能置起自己的店，又在年底遭窃，愁眉苦脸地来找波子。

尽管遭到矢木的讥讽，波子却在思忖，如果拜托来学舞的姑娘，也许能卖掉一二十反[1]绸缎。想到这，波子匆匆做好准备，去了东京。

排练场只有学生们像平时一样在做基本练习。有两位资格较老的学员离开了队列，好像是在教大家。

"啊，老师，您好了吗？"

"脸色不好呀。"

学员们聚了过来，连拥带扶地让波子坐在椅子上。

"谢谢你们。这些天没来，抱歉了。我脸色看起来不好，但并没有病倒在床。"

波子想抬头看周围的姑娘们，却一阵咳嗽，直至咳出眼泪。

有姑娘用手绢去帮她擦眼睛。

"行了，你们继续去练吧，我稍微休息一下。"

波子进了小房间，盯着桌上的电话看了一会儿，然后

1　反，布匹的计量单位，1反约宽34厘米，长10米。

拿起来打给了竹原。

竹原来到排练场时，波子一人坐在炉边的椅子上，一只胳膊扶着把杆，脸伏在胳膊上。

"谢谢你来电话。觉得你在电话中的声音不大正常，便想立刻就来，但有一位买小型照相机的客户在，是出口生意。"

竹原站在波子面前，脱下帽将帽檐塞进把杆与墙壁之间的缝隙中。

波子抬头看着竹原，眼眶湿湿的，额头留着袖印，眉毛也有点凌乱。

"抱歉。"她故作平静地说，"感冒了，教舞也停了下来。"

"是吗？大概还是累了。"

"有很多累人的事情。"

竹原站着俯视波子，突然又移开了视线，说：

"进这屋时闻到了煤气味，会不会中毒了？"

"欸，我已经关了暖炉，因为练起舞来就会热。"波子把脸朝向镜子，"啊呀，脸色苍白的……"

波子用指尖去整理眉毛，像是在为自己的惺忪态不好意思。她好像几乎没搽口红。

竹原也看着镜子方向说：

"墙上的镜子也还没装好。"

"是的。"

刚拿下这个排练场时就准备装一整面墙的镜子，但现在墙上的镜子只相当于两面裁缝店的镜子大小。

"也许这里不是挂镜子的地方。"

波子笑着说，心里却在为镜中自己憔悴的容貌而不安。

头发也有四五天不曾认真打理，来时只用梳子拢了上去。

以这副样子来见竹原，确是有点自暴自弃，但一想到这，波子却又涌起一种对竹原的亲切感。

"今天本想在家休息的，突然起了念头就出来了。"

竹原点点头，在椅子上坐下。

"听你电话里的声音，不知发生了什么，我进来时也没想到你是一个人，一副正在想事的样子。"

"想事……"波子顿住了，眼中愁云密布，"想起了无聊的事情，护城河里的那条白鲤……"

"鲤鱼？"

"欸，靠近日比谷交叉口的护城河角落不是有一条白鲤吗？我看着那鱼，不是还被你责怪了吗？"

"是呢。"

"后来问了品子，那儿有鲤鱼根本不足为奇。"

"你不是说过吗：一条小鲤鱼，浮在护城河的角落，人们走过时都不会发现它，独有我会被它吸引，这就是我的性格。"

"我是说过，鲤鱼和波子都为自己的孤独而同病相怜。看你望着护城河发愣，我真想从背后给你一拳。"

"你叫我要改掉这种性格。"

"我是见了觉得不好受。"

"但我当时在想：尽管谁都不去注意，这鱼却是实实在在地在这里的，所以我后来对品子说了。"

"说了咱俩在一起？"

波子轻轻摇头：

"品子说那里是鲤鱼集聚的地方，大概是因为天快黑了，所以只剩下一条还留在那里……带孩子去日比谷公园玩的人们，离开前会在那里把饭盒里剩下的面包屑和饭粒投进河里……那里是鲤鱼集聚的地方，有一条也不足为奇。"

"哦……"

竹原嘴里应着，目光却似在反问。

"听了品子的话，我觉得自己正如你所责怪的那样可怜。当时那条小鲤鱼竟能选中一个僻静处独处，那番情景让我感同身受。"

"是呀。"竹原附和道，"你常常这样。"

"我就是那样想的，会去怜惜一条不相干的鲤鱼……和你在一起时却还触景伤情，突然觉得孤单……"

说完这话，波子眼睛突然一热，垂下头来。

她的眼眶微红，双颊赧然。

"对不起。"

波子说道，像是要缓解自己的窒息感。

竹原凝视着波子说：

"你就不能不去关注什么白鲤吗？"

波子眼睛闭了一下，左肩歪向一边，竹原觉得她的肩膀像是受了什么重负而变得僵硬，便站起身来，先离开波子两三步，而后又走近她。

波子把右手放在左肩上，眼一闭便要往前栽倒。

"波子。"

竹原从一旁撑住波子，同时绕到她身后抱住她，想要把她扶起。

他把自己的右手放在波子的右手上轻轻地握住，波子的右手手指在他的掌中瘫软，松离了自己的肩膀，手上那种冰冷、细腻的感觉沁入竹原的全身。

竹原弯下身子。

"太晚了。"

波子说着别过脸去。

"太晚了……"竹原重复了一遍波子的喃喃之语，然后又坚定地说，"不太晚。"

其实，波子所说的"太晚了"这句话是在他做了这样的否定之后才走进了他的心。

竹原停止了身体的动作，像是在犹豫。

竹原下巴的下方有波子的头发，可以看到她的耳垂，她的脖子稍倾，露出白皙的后颈。

她今天没戴耳环。

波子因感冒而没洗澡，所以出门前香水用得比平时多，卡朗牌香水那种黑水仙的香味中还依稀地夹杂着枯草般的发香。

竹原的右臂仍放在波子的右臂上，由于波子的右手已从自己的左肩滑落，于是竹原便自然形成了轻搂波子胸部的姿势，虽没触碰，却也感觉到了波子剧烈的心跳。

"波子，并不太晚。"

波子轻轻摇头，然后把别转过去的脸正对着他。

竹原把嘴唇靠近了她的上眼皮，像是要用胸部去支撑波子。他先前也是要先用嘴唇去触她眼皮的。

眼睛一闭，波子的上眼皮就似在倾诉，比嘴唇有着更多的温情和哀怨。

但在竹原触及之前，她眼中流出了泪水，沾满了睫毛，濡湿的睫毛将她的双眼皮线条衬得越发美好。

泪水瞬间便从眼角流了下来。

竹原要把唇移向泪水，波子却抖动着肩膀说：

"别！我怕，有人在看。"

"有人在看？"

竹原抬起了眼睛，波子也抬眼去看。

对面的采光窗外可以看到行人的脚。

细长的窗子比外头的路面稍高，可以看到行人的小腿部分，膝盖和鞋子都看不见。

行人匆匆的街道已是黄昏，地下室却亮得晃眼。

"我怕。"

波子想要站起来，她的身子一动，使竹原一时松开了胳膊，她便又踉跄着要往前倒去。

"放开我……"

波子跌跌冲冲地往前走。

竹原看着波子离他而去，却仍有抱着她的感觉。

"咱们出去吧。"

"好的，你稍等一下……"

波子说完看了一下镜子，随即又离开壁镜前，就像要避离镜中的自己。

当晚波子九点前到家，比品子早。品子大概因为要做指导而晚归。波子暗自为先于品子到家而庆幸，觉得有了解释的理由。

打开丈夫房间的拉门，她的手还使劲拽着门把手说：

"我回来了。"

"哦。挺晚的嘛。"矢木从书桌前转过脸来，"在外没事吧？"

"嗯。"

"没事就好。"矢木摇了摇锡制的茶叶罐给她看,"罐子已经空了。"

波子来到起居室,要从大罐往小罐装玉露茶,谁知手一抖,茶叶撒在了榻榻米上。

她把玉露茶拿过去时,矢木却已在写东西,并未看她。

"晚安。你今晚要很迟吗?"

她本想默默地退下,结果还是问了一句。

"不。天冷,早点睡。"

波子回到起居室,把撒落的玉露茶叶放进火盆里烧。

烟已消散,味道却还在。

波子本想轻轻地在屋里走走,却又作罢。

她本来还准备到家后直接去排练场弹弹钢琴,这也没能做到。

波子在回家的电车上听到贝多芬的《春天奏鸣曲》,这首曲子有着她与竹原的记忆。那旧日的记忆通过音乐传来,似遥远的梦,又似近前的影。

"要是品子先到家,那就悬了。"

波子喃喃道。

为了不让品子看破自己难以包藏的愉悦,唯有躲进被窝里去。反正在感冒,早点钻进被子也不致让矢木和品子觉得奇怪的。

出了日本桥的排练场后,波子跟着竹原去了西银座的大阪料理店，虽然一直因记挂回家的时间而惴惴不安，但在新桥站与竹原分手后，波子反倒任由一种漫溢的思绪令自己几至窒息。

而且，一旦回到丈夫身边，她反而不像在竹原身边时那样畏惧丈夫了。

自己动手铺被子时几乎"啊"的一声叫出声来。

因为一个念头如闪电般掠过：不管在那护城河端还是在日本桥的排练场，跟竹原在一起时突发的恐惧感难道实际上是爱情的爆发吗？

波子丢下手里的垫被，一屁股坐在上面。

"会有这样的事吗？"

她竭力打消这个念头，在被子里静下心后仍似在为那道闪电般的念头而惊惧，于是双手合十。

正在她试着去一一记起《大日经疏》中的"合掌十二礼法"时，矢木进来了。

两手的手指和手掌合实，是为"坚实心合掌"；掌心间稍稍留空，是为"虚心合掌"；手掌略作圆形如花苞，是为"未开莲合掌"；两手拇指和小指贴合，其余三指分开，是为"初割莲合掌"；掌心贴合，五指交叉，是为"金刚合掌"或"归命合掌"——到此为止的合掌都是名实相符的合掌，易记难忘。

但其余七种方法都与"合掌"之名不符，波子难以掌握，即使能做个样子，也叫不出名称来，例如：手掌向上，手指弯曲作掬水状，是为"持水合掌"；手背相合，手指交叉，是为"反叉合掌"；两手拇指相接，掌心向下，是为"覆手合掌"……

她竭力回忆，从头开始做了两三遍，却每次都只能做到"归命合掌"为止。正在这时，矢木打开拉门，看着微暗中躺着的波子说：

"怎么……睡了？"

波子一惊，把合掌状的双手抽回到胸前。

归命合掌是死人的合掌，也是一种畏畏缩缩、战战兢兢的手势，又成了一种祈求恕罪或怜悯的手势。

波子使劲将交合的手指紧紧地按在胸口上。

她觉得矢木是觉察了竹原的事情而来问罪。

"还是因外出累着了吧？"矢木用手去试波子额头，"怎么，不发热。"说着又用额头去触额头，"倒是我更烫。"

波子像是要躲开矢木，用自己放在胸口的手去试额头，忽然一惊说：

"啊呀，别碰我，我没洗澡……六天了……"

其实波子在抑制自己的颤抖。

而且还在竭力掩饰自己的绝望。

一旦绝望，她反倒从不贞的恐惧和负罪感中解脱出来。

波子流泪了。

过了一会，矢木从起居室对她说：

"喝点热的柠檬汁好吗？"

"好的。"

"要加糖吗？"

"多加点。"

波子想起自己回家时曾问矢木会不会很晚才睡，难道这听上去像一种主动的示诱吗？她咬住了自己的嘴唇。

波子嘴里含着热果汁时听见了品子回来的脚步声。

"妈妈呢？"

品子一进起居室就问。

"她去东京累了，躺着呢。"

"啊？妈妈出去了吗？"

品子像是要进波子的寝室，被矢木叫住了：

"品子！"

品子好像是在父亲面前坐了下来。

波子辗转反侧，竖起耳朵想听矢木打算说些什么，一面去拢顺被弄乱的头发。

矢木叫住品子，不让她进卧室，是不是为了给波子留下拾掇自己的余裕呢？一想到这，波子忙着整理头发的手指突然停了下来。

"爸爸，这是热柠檬汁？"

品子打破了父亲的沉默。

"是的。"

"我也想喝。"

波子听到了倒热水和勺子在玻璃杯中搅动的声音。

矢木好像是在看着品子手上的动作,然后又叫了一声:

"品子。我看到高男写在笔记本上的话:一兄一妹,这个世界上没有比这种感情更亲的了。"

听到这突如其来的话,品子大概是在看着父亲吧。

"这是尼采写给他妹妹信中的话。"矢木继续说,"你怎么认为?你和高男不是一兄一妹,而是一姐一弟,与尼采相反,但高男应是觉得此话不错而抄在了笔记本上。即使上下颠倒,毕竟还是一男一女的两人同胞……这个世上没有比这感情更亲的了——这话说得挺好。"

"是挺好。"

"高男希望如此,所以你最好也把尼采的话在哪里写下来。"

"好的。"

波子听到品子驯顺的回答。

可是品子又像突然想起似的问了一句:

"爸爸家也是一兄一妹吧?"

品子似乎是言者无心,波子却是一惊。

矢木与妹妹已断绝来往,正应了"兄弟始,陌人终"之说。

矢木的妹妹在波子娘家的资助下，从女子高等师范毕业后，跟自己母亲一样当了女教师，并随着年岁的增长而与兄嫂疏远。其中原因在于矢木、妹妹还是波子，或者谁都不怪，只是一种必然趋势？但是，波子与生活、性格皆有差异的小姑子合不来倒也是事实，一看到这位妹妹，波子就觉得她与矢木一脉相承于他俩的母亲，与自己不是一个世界的人。

波子等着在听矢木如何回答品子关于他妹妹的问题。

"被你这么一说，我也很久没见你姑姑了，过年寄了贺年片的。"

品子倒似乎并没介意父亲的答非所问，说道：

"爸爸，您今早说到了尼任斯基吧？您觉得尼采和尼任斯基都是天才狂人？尼任斯基小的时候，他上面的一个哥哥就死了，所以好像也就成了一兄一妹？"

矢木今晚趁高男迟迟未归，便和品子谈起了高男，波子觉得他是说给自己听的。

难道矢木看破了波子是与竹原见面后回来，便拐弯抹角地规劝身为人母的她？一姐一弟，一父一母，这个世上没有比这更亲的关系了……

品子可能也听出了父亲话中之意，便提起矢木妹妹的事情，又说尼采是疯子，帮波子绕了过去。品子纵然并无讥讽之意，波子在暗处听来却也心惊气馁。

"妈妈！"

品子叫道。

波子不敢应答。

"睡了吧。"品子对父亲说，"妈妈也喝过热柠檬汁了吧？"

"啊呀，她好像厌恶我了。"波子觉得自己身子在发抖，"这孩子真是……"

波子觉得有一种女人的直觉在品子身上起作用，那就是潜藏在女人心底的洁癖令她产生的厌恶感。

"妈妈也喝了热柠檬汁？"

品子这话也许只是出于善意的关切呢？

波子深吐一口气。生厌的难道不正是自己吗？留在头脑里的尽是自己可憎的形象，因为觉得自己丑恶的一面被触及而引发一种意外的憎恶感。

难道是因为心中有愧，于是回家后就对丈夫示诱？因为怵于身上罪恶的气味，于是就一反往常地主动投身波涛之中？这种罪恶感是双重的，既对丈夫又对恋人，但正因如此，带来的愉悦似乎也是双重的，于是也许越发加重了对于丈夫和恋人的奇特之罪。

厌恶、悔恨、绝望，总是要设法对什么加以巧饰，波子今天正在脱胎换骨。

这是为什么？是因为没有拒绝竹原吗？

竹原看到波子的恐惧，于是连嘴唇都没碰她，而波子却因恐惧而没拒绝竹原。

那种恐惧的突发其实难道不正是爱情的爆发吗——波子因这种闪电般的念头掠过而丢下手中的垫被时，正是她的命运时刻。

或许是这记闪电照出了她的原形吧？

波子觉得竹原和自己也许都在用恐惧的假象作掩饰。

吾妻德穗、藤间万三哉夫妇的舞剧《长崎的踏绘》在帝国剧场演出四天，波子去看了最后一场。

五点开演，波子两点便从北镰仓出发，顺路去银座的贵金属商店卖了戒指，就是本想送给友子的那枚戒指。

换成现钞之后，波子在路上为拿出多少给友子而犹豫。

"当时友子若把戒指收下，不就没事了吗……"

友子曾受波子之托去过贵金属商店，或许会把戒指卖给同一家店的。

离当时没过几天，波子就因自己的需要而卖了戒指，若把这钱带回家，能分给友子的可能又要打折扣了。

波子决定托送货员把钱送到友子家去，于是折返回新桥站。

她在托运处数着千元面值的纸钞时突然觉得竹原的手在碰她的肩，回头一看却是其他乘客的行李碰到了她肩。一个年轻男子站着，长得与竹原并不像，手中拿着一件细长的行李。

"对不起。"

"没关系。"

波子脸一红,心一热。

她重新数出了一万日元,用手绢包好,把友子的住址写在手绢上。

"呵呵,用手绢包钱交寄?"办事员惊讶地说,"我们这里有袋子,您要吗?"

"好的。"

波子是在慌乱之间想到手绢的,竟没感觉到这样做的荒唐。

可是一离开那令人难堪的地方,一阵轻松的笑意便涌了上来。

在她一面考虑着送给友子的钱数一面走过来时,沿路服饰店橱窗里的男士商品每一映入眼帘,她便会去想是否适合竹原,似乎唯有适合竹原的商品才该存在于这条街并等待和呼唤着波子,而她眼前立刻又会出现竹原穿着这件衣服的样子。

友子的事情既已办好,店里的男士商品越发显出活力。见到橱窗里的围巾,她就觉得自己的手触到了竹原戴着它时的脖颈。波子身不由己地进店买下了这条围巾。

"啊,开心,等于是友子买给你的。算是临别礼物……"嘴里这样嘀咕着,波子又买了一条毛织领带。

经过与竹原一起走过的护城河畔,走向帝国剧场。她来得太早了。

上了二楼,休息室的柱子和墙上挂着林武[1]和武者小路实笃[2]等人的画像,波子正为此纳闷,才又发现设了一个名为"花与和平之会"的小卖场,彩纸上有诗人、作家的作品,那些画大概也是此会的展品。

波子靠着一张舒适的椅子,欣赏林武一幅题为《舞娘》的蜡笔画。

"波子夫人。"有人拍她肩膀,"看得入神呀。"

手与话声同时出现,所以这次肯定不是竹原了,但波子还是心惊胆战。

"多日不见了。"

沼田又说。

"是很久了……"

"真是巧遇呀。"沼田落身坐下之前,回头去看那幅《舞娘》,"这画挺好,嗯,拿着扇子……"说着走近画前。

波子担心自己在回家之前一直被他缠着。

肥胖的沼田一在旁边坐下,波子的身体便歪向长椅瘪陷的那一边,她轻轻挪开身子。

"我上个月见到了矢木先生……"

---

[1] 林武(1896—1975),日本画家。
[2] 武者小路实笃(1885—1976),日本著名作家。

"是吗?"

波子并不知道。

"他从京都来信约我去幸田屋,我以为有啥事呢,奔过去一看,好像啥事没有。我以为肯定是要谈波子夫人的事,是不是想从我这里打听到点什么,例如关于竹原、香山之类的事情……"沼田观察着波子的脸色,"我就虚与委蛇,跟他大谈波子夫人的青春之类……"

波子想以轻松一笑作为掩饰,脸颊却飞起红晕。

"今天见到您,我大吃一惊,没想到如此娇艳,像是一朵花突然盛开了。"

"可别这么说……"

"不,真的像是花开一样。"沼田重复道,"我也劝矢木先生让您在舞台上花开二度。"

"拿我取笑了。我正想连排练场都停了呢。"

"为什么?"

"没有自信。"

"自信……太太,您知道东京有多少家芭蕾教习所吗?六百呀,六百……"

"六百……"波子目瞪口呆,"啊,可怕!"

"据说有好事者查过,大阪就有四百来家……"

"大阪有四百……真的吗?不敢相信呀。"

"若再加上地方各市,数量吓人呢。"

"有人在文章中写过：'芭蕾并非义务教育。'但现在确实是个芭蕾热的时代，以致有人要说这话了。女孩子都像流行性感冒一样染上了舞蹈病，听说有的舞蹈家已被税务署议论说：'近期新兴宗教和芭蕾将会成为赚钱大户。'"

"真的吗？"

"但我认为这种芭蕾热也非寻常。尽管有人指摘说：古典芭蕾并不适于日本人的生活和体格，有的人明明缺乏基础，受了一些马虎的训练就竟敢举办演出会。其实全国遍地若有无数女孩子蹦蹦跳跳转圈子，这就令人生畏了，也就是说基础庞大，从中必有可用之才脱颖而出。一尘一土难以成山，教师即使名不副实也是多多益善，芭蕾舞者即使难以成才也是多多益善，这就是事物发展之道吧。我非常乐观，日本的芭蕾有望，我的事业有望。"沼田越说越起劲，"东京即使开六百到一千家芭蕾教习所也不足为惧，垫底的越多，您的排练场自然就被托了上来。"

"您这说法可有点怪。"

"反正现在不是考虑隐退的时候，您应该以芭蕾作为自己的生活。"

"生活……"

"就是生活。如果用商业意味更浓一点的说法就是职业，但您会觉得我失礼吧？不过，如今学习芭蕾的女孩子有很多都是希望把这当作职业，成为舞蹈家的。"

"是呀，这就是我害怕的。"

"非这样不可呀。您家小姐是把这当作爱好而已……从您出资的时代开始，就给我诸多关照，所以今天我应尽力报恩，首先要举办您的演出会，最好开春就抢在演出季的最先。矢木先生那里不成问题，我会去谈的。在这之前我已经跟他说过正在鼓动您呢。"

"矢木怎么说？"

"他说四十岁的女人，跳到下场战争爆发，时间太短了。哼，像他那种人，靠太太养了二十几年，还说什么时间长短……声称自己身上的表从来不会错乱一分钟，把自己老婆逼得错乱了，还谈啥表呢？"

"我错乱了吗？"

"是的，不过还不至于像矢木先生那样错乱得一毛不拔……太太，恋爱吧，用恋爱给自己上紧发条吧。"沼田一双大眼盯着波子，"该到可以离婚的时间了吧，趁着还能跳舞的短暂时间……您今天可是美得像盛开的鲜花一样……"

"您怎么啦？"

"容我问一句：您昨晚跟竹原一起逛银座的吧？被人看见了。"

难道是被沼田看见了？波子心中疑惧，嘴上却说：

"跟他商量一点排练场的小事。"

"大事小事都可商量嘛。若是策划谋叛矢木先生，我会支持的。排练场地处日本桥中央，又近东京站，您若使用得当，其前景可观。我也帮您一把吧。"

"嗯……先谈谈我那里的友子吧，您认识的吧？若有能让那孩子挣钱的办法，希望您帮忙。"

"那孩子不错，但靠她一人能闯得出来吗？让她跟品子搭档试试如何？"

"品子已在大泉芭蕾舞团了。"

"我考虑一下吧。"

开幕铃响了。

沼田跟着波子吃力地站了起来，说：

"您听说崔承喜的女儿战死了吗？"

"啊，那个姑娘……"

波子想起那位刚十岁的少女，细长身材，穿着友禅[1]图案的长袖和服。她曾在演出会场的走廊偶遇过，此时眼前又浮现那孩子和服上的肩褶，那天好像还化了淡妆来着……

"挺可爱的孩子，好像跟品子差不多的年龄吧。是共产党的女兵……还是去前线慰问演出？"

嘴上这样问，脑子里却只有穿友禅的女孩。

"听说崔承喜曾一度逃到中国东北，因为她是朝鲜的国会议员。据说办了舞蹈学校。"

"是吗？最近还跟品子谈起崔承喜呢。她女儿居然战

---

1 友禅，日本的一种传统印染技法，主要用于丝绸。

死了?"

波子入座后仍未忘却少女的形象,此事与波子自己的烦乱似乎搅在一起了。

沼田说话一向有点言过其实,所以是否真的看见她跟竹原一起尚可存疑。这事反正已经无法挽回了,但今晚她是要跟竹原在这里会面的,如何躲过沼田的眼睛呢?这让波子犯难了。

波子知道竹原会迟到,但她还是环视观众席,又回头去看入口处,终是不得安宁。

正如沼田所说,他肯定是波子的同伙,作为经纪人,她利用沼田多于被沼田利用。而且沼田长期以来紧追不舍地缠着波子,寻觅可用之机,甚至要把女儿品子也作为工具利用。见波子坚守着不落圈套,沼田还声称在等下次机会,也就是盘算着趁波子与其他男人恋爱而松懈之际擒获她。

波子对沼田既不很在意,也知道大意不得。

这两三年来,波子一直尽量避开沼田,沼田自然也就疏远了。见了面沼田必定要说矢木坏话,而波子越是跟矢木离心离德,对沼田的这种行为反而越是反感。

《长崎的踏绘》是长田干彦[1]创作的五幕七场新编舞

---

[1] 长田干彦(1887—1964),日本小说家、剧作家。

剧，讲述了一个殉教变为悲恋，悲恋成为殉教的故事。

作曲者是大仓喜七郎[1]（听松），所以由大和乐团演奏，虽属日本风格的音乐，但也用了西洋乐器，清元[2]也出场了，还有圣歌合唱。

第一场的背景是诹访神社的秋祭。之所以取神社的祭日，大概是为了呈现与被禁的基督教相对立的色彩，同时又可以表演祭庆的舞蹈吧。

"看过《彼得鲁什卡》的节庆，日本的节庆显得冷清了。"

幕间休息时，沼田说道。

"这就是日本式的哀婉吧。"

怕再被沼田抓住，波子决定从下一次幕间休息开始不再到走廊去了。

昨天就把入场券交给竹原了，但座位不在一起，于是波子越发心神不定。

一直等到临近终场，竹原在第六幕开始前终于来了，站在入口处用目光搜寻下面的座位。

波子像要示意似的站了起来，随即便往上走。

"啊，我迟到了。"

"以为你不来了呢。"

---

1 大仓喜七郎（1882—1963），日本财阀，积极参与各种文化、体育活动。
2 清元，日本一种传统的戏剧音乐伴奏形式，以三弦琴为主。

波子无意间去执竹原的手,待回过神来放开后,手里却已有了竹原的一只手套,像要帮他脱手套似的。

"是西猯皮吗?"

波子拿起手套看了后放进竹原的口袋。

"西猯?"

"就是野猪皮。"

"不知道。"

"沼田来了,说昨晚在银座看到咱们了。"

"是吗?"

"我想出去,免得在这里又被看到。"波子正准备下台阶往座位去,"啊呀,我的腿不大对劲,等你的时候膝盖以上部位太用力了。"

说完耸了耸肩头离去。

大幕拉开,是刑场的场景。

殉教者们被拖拽而行,一副凄惨情景,一位名叫清之助的工匠也被处以磔刑,他的恋人阿市夜间偷偷来到刑场,对着十字架上清之助那俊美的遗容起舞。

吾妻德穗的这段舞蹈令波子泪下,因为竹原已来,她可以专心欣赏舞蹈了,心中的感动直接化作了不绝的泪水,她像是在自艾自怜。

可是大幕正要落下时,波子霍地起身往外走,像是给竹原发出了信号,竹原也看着波子这边,随着出来了。

"虽然还有一场踩踏圣像的戏,咱们还是开溜吧。"

"开溜?"

"不是害怕,我已经不会再说害怕了。"

竹原只认为波子开溜是因不愿被沼田看见,但她说"已经不会再说害怕了"时话音深处透出的性感让他一惊。

"你好容易来了,却只能看了一场。"波子的语气反倒是开心的样子,"我其实也等于只看了一场,不过吾妻女士的舞蹈一定是有着魔力,我神思恍惚间猛一睁眼,便见她在舞台上起舞,衣裳也美,深红的天鹅绒上缀着银色的波褶,黄色的天鹅绒上绣着花草,两件和服都是天鹅绒的吧。"波子又把手上的纸包拿给竹原看,"我觉得你戴着挺好,就买了这条围巾。"

"给我?"

"要是不合适就糟了。"

"合适呀。咱们这么多年了,相互都把对方的样子带在了心中,一定合适的。"

"啊,太好了!"

但波子还是歉疚地谈起了友子的事情,说到卖了戒指给友子寄钱,并买了这条围巾。

波子在结婚前就与竹原若即若离,已经来往二十多年,有事对他坦诚相告,今天也非第一次了。

虽多少有点犹豫,她还是把矢木私下存款的事告诉了竹原。

"是吗?"竹原稍稍沉思了一下,"不有点可怜吗?"

"矢木……"

"但也许不是那种可以掉以轻心的可怜虫吧。"

两人避开日比谷的电车线路,沿着一条光线昏暗的街路往昴座剧场前的亮处走,波子无意中回头一看,高男站在那里。

高男盯视着母亲。

"妈妈。"

高男先叫了一声,从昴座剧场的售票处下来。

"啊,你在干吗?"

波子停下脚步。

高男回答说跟朋友一起来买入场券。

"现在……"

"嗯,跟松坂君……我想把他介绍给您……"

说完后,高男跟竹原也打了招呼,态度从容,波子便也淡定了些。

"这是松坂君,现在是我最要好的朋友。"

看到站在高男身边的松坂,波子的印象就像在梦中见到妖精一样。

"咱们找个地方歇一下吧,高男君也一起好吗?"

竹原这话不知是对波子还是高男说的。

他们往银座去,进了附近一家欧夏尔咖啡馆。

竹原在门口寄存帽子时,波子偷偷拿出那包围巾说:"走的时候把这也取走。"

隔山之处

品子带着四位新入研究所的少女去银座的吉野屋。

四个十三四岁的姑娘从同一个班级一同进来,委实属于少见,四人都做着芭蕾舞者之梦。

她们都急着要买舞鞋。尽管品子提醒说穿了舞鞋一时是站不住脚的,但对这些姑娘来说,舞鞋是她们憧憬中的开端。

品子只好带着她们来到鞋店。

进了吉野屋鞋店,少女们便似乎以舞鞋而自矜,对买普通鞋子的女客投以轻蔑的目光。

由男伴买给自己的女人们选中鞋子时的表情各式各样,而独自一人不知该买哪双鞋的女人中,有的表情十分严肃,有的则一副着急上火的模样。品子冷眼旁观,觉得见到一个有趣的世界。

品子说一会儿要去母亲的排练场,还要去帝国剧场看《普罗米修斯之火》,女孩子们嚷嚷着要跟着去这两个地方。

"大家都想在排练场马上就穿这鞋试试,可以吗?"

姑娘说着就在银座大街上踮起女生鞋站立。

"不行。大泉研究所的人在外人的排练场穿舞鞋,这可不成体统哟。"

"品子姐的母亲不是外人。"

"正因为是我母亲,就尤其不可以,我或许会挨骂的。"

"只看看排练也行吧,我们想看呢。"

"观摩也不行……你们刚进大泉,哪能就去人家那里观摩……"

"那就让我们把您送到门口,还不行吗?"

若去看《普罗米修斯之火》,时间将会很晚,品子要让姑娘们先回去,解释说江口舞蹈团与古典芭蕾的技法不同,一个姑娘却说:

"总可以参考吧。"

"参考?"

品子笑了出来。

结果姑娘们的希望和好奇还是把品子一直裹挟到了波子的排练场。

品子带来的少女们用专注的目光看着下课后从地下室出来的姑娘们,因为她们都是穿舞鞋的同类而非穿普通鞋子的女人。

品子告别了姑娘们,下到排练场去。

品子在小房间里跟五六个学生一起更衣。

品子在等待时打开了放在小桌上的唱机，是贝多芬的《春天奏鸣曲》。

品子知道这首曲子里有着母亲对竹原的记忆。

"让你久等了。"波子出来，对着这里的镜子重新又看了一下自己的头发，"品子，我见到了高男的朋友，姓松坂的那个孩子。"

"我听高男说过这位朋友，但没见过。好像非常漂亮吧？"

"漂亮。与其说漂亮，莫若说美得不可思议，就像妖精一样……"波子好像还在追逐着那个幻影，"昨晚从帝国剧场回家时高男介绍给我的。"

品子也知道波子去看《长崎的踏绘》，既然已被高男看到自己与竹原见面，品子早晚也会知道的，于是波子便直说了。

"我简直不相信竟有这样的人，不像是地上的人，但也不是天上的人。不像日本人，但也没有洋味儿。肤色偏黑，却又不是黑色，也不是小麦色，就像在皮肤上还蒙着一层具有微妙光彩的皮肤，像是女孩子，却又有男人味儿……"

"是妖精还是神佛？"

品子语气轻松，却狐疑地看着母亲。

"更像是妖精吧。连高男也让我觉得怪怪的了，竟能与那样的人成为朋友。"

松坂给波子的印象真的像一个不祥的天使。

与竹原走在一起时高男意外地出现，这让波子脚底打颤，眼前发黑，而松坂却带着一片奇怪的光彩站在那片黑暗之中——这就是波子当时的印象。

先被沼田看到，又被高男撞见，波子感到走投无路、晦气透顶之际，没想到还有一个松坂在场。

进了"欧夏尔"之后，波子仍一面喝着红茶，一面不动声色地看着松坂。她觉得自己与竹原的交往可能行将结束，而且可能结局悲惨，在这种时刻即将到临时，她的心情压抑，但素无瓜葛的松坂却出现在她面前，而且美如妖精，这甚至让她觉得是不是命运的某种暗示呢？

高男与朋友在一起固然没有什么不可思议，而松坂的俊美倒也许起着不可思议的作用呢。

尽头的座席与大厅间隔着一块薄薄的布幔，布幔的水色浮映在松坂脸上，透过布幔可以依稀看到大厅。波子只好跟竹原告别，与高男一起回家。

直至今日，松坂的印象仍如自己的影子般跟随着波子。

"高男啥时开始和他交朋友的？"

"不是最近吗？好像挺亲密的呀。"品子答道，"妈妈，后面的唱片要不要再听了？"

"不用了。走吧。"

这是《春天奏鸣曲》唱片第一张的反面,第一乐章,以快板结束。

品子收拾唱片,一面问道:

"什么时候拿到这里来的?"

"今天。"

波子想:今天不能见竹原了。

波子到帝国剧场接连去了两天。

今天是江口隆哉和宫操子夫妇公演的第一晚,被邀的舞蹈家、舞蹈评论家、音乐记者等客人中有不少是波子的熟人,所以不能约竹原,况且还有昨晚的教训。

再说今天是品子约波子的。昨晚母亲见竹原的事品子也已问过高男,但她没想到母亲今天仍想见竹原。

波子想等学生都走了后给竹原打电话,却因来了品子,电话也打不成了。

波子只是打算告诉竹原:跟父亲亲近的高男从昨晚到今早对父亲啥都没说,啥事都没发生。能听听竹原的声音,自己也许就会安心了。

没打电话,这让波子觉得焦灼不安。

"最近即使去看舞蹈演出,也会感到莫名的厌烦。"

"为什么?"

"也许是不想被老熟人看到吧……人家为难于跟我打招呼,我也不知道该如何是好。时代在发展,已经没有我的位子了吧,见到我时有人已是一副不认识的模样。"

"不会的。妈妈是自己这么想吗?"

"是呀,确实是在战争期间被淘汰了,也许是自己把自己抛弃了,那是战前的人在战后的一种厌世感,世间很多这种情况吧,只要是内心脆弱的人……"

"妈妈的内心并不脆弱呀。"

"是呀。有人曾忠告说:如果我是这样,会使孩子也脆弱的。"

竹原曾经这样忠告过,当时波子正朝着皇居的护城河边走去。

从京桥穿过往马场先门去的电车道和国铁的高架桥,行道树都很高大,但叶已落尽,皇居森林上空升起一弯黄昏的细月。

波子心中摇曳着青春的火焰,嘴里却冒出一句相反的话:

"不上舞台到底还是不行呀,宫女士她们确实跳得好。"

"您是说她的《苹果之歌》……还有《爱与扭打》?"

品子报出了舞名。

《苹果之歌》是一段伴着诗朗诵的邦邦女郎[1]之舞,《爱与扭打》则是一段复员军人的群舞,男舞者身穿带着

---

1 邦邦女郎,战后以驻日美军为服务对象的日本妓女。

汗渍的褪色士兵服或者白衬衫黑裤子，女的则穿着连衣裙起舞。

这首先就是古典芭蕾没有的场景，舞蹈生动地体现了战后的现实生活。品子之前看过并还记得。

"战前留下的人中跳得好的不止宫操子一人，妈妈您也跳吧。"

"试试看吧。"

波子这样答道。

离六时开演还有二十分钟，波子避人眼目似的静静坐在座位上。今晚也在二楼。

品子在谈四个女生的事。

"是吗？四人约在一起？"波子微笑着说，"不过，像她们这个年龄时，品子已经在舞台上跳得很好了。"

"欸。"

"最近有四五岁的孩子来我这里要求学舞，说是想成为芭蕾舞演员……其实不是孩子的意思，而是母亲的希望。日本舞确有四五岁开始学的，西洋舞也并非没有，但我拒绝了，让她们至少上了小学再过来……不过我也不能笑话这样的母亲，你刚生下来时我就想让你跳舞，不是孩子的意志。"

"是孩子的意志，我四五岁时就想跳舞了。"

"一来因为妈妈跳舞，而且去看舞蹈演出时，牵着孩子这样小的手……"波子把手掌在膝盖前翻过来,"牵着你的手一起去看,所以……"

然而,器乐神童之类似乎是家长造就的,尤其是日本的传统艺术,家世、流派、名望之类多为代代传承的定势,子女似是被命运所缚。

波子有时也是试着这样来考虑品子和自己的问题。

"从这么小的时候……"这次是品子伸出了自己的手,"我就想着像您那样跳舞了,跟您一起上台时可开心了。那已是多少年前的事了……妈妈,您再跳吧。"

"是呀,只要妈妈还能跳,就上舞台去给品子当配角,好吗?"

昨天沼田也劝她举行春季演出会。

但费用从何而来,波子至今毫无头绪。竹原的形象在她心间,也正因如此,波子害怕将此事与他牵连。

"我去看看那几个女生来了没有。我告诉她们技法不同,想让她们回去,她们却说可作参考……真没想到。"

品子起身而去,又随着开幕铃声而回。

"好像回去了,不过也可能坐在三楼了……"

前面是短舞表演,《普罗米修斯之火》是第三个节目。

菊冈久利[1]编剧,伊福部昭[2]作曲,东宝交响乐团

---

1 菊冈久利(1909—1970),日本作家。
2 伊福部昭(1914—2006),日本作曲家。

演奏。

这是一部描写希腊神话人物普罗米修斯的四幕舞剧,从序幕的群舞开始,品子便为其与古典芭蕾的相异之处而吸引。

"啊呀,裙子是连在一起的。"

品子惊讶地说。

序幕中十来位女演员的裙子相互是连在一起的,多人共穿一条裙子跳舞,一面上下波动起伏,一面左右时散时收,暗色的裙子兆示着某种象征性的前奏。

第一幕是人们尚未有火时在黑暗中的群舞,第二幕是普罗米修斯用枯芦苇盗引太阳火种时的舞蹈,第三幕则是人们得到火种后欢庆时的群舞。

盗得火种送给人们的普罗米修斯在终场的第四幕中被缚于高加索山的岩石上。

第三幕的火之舞是这出舞剧的高潮。

昏暗的舞台正面燃着普罗米修斯的熊熊之火,这火在人们的手中传递,得到火的人们终于群集于舞台,起舞为火欢庆。五六十人的女子中也加入了男人,人人高举火把起舞,舞台也被火焰照亮。

波子和品子都感到舞台的火也在自己的心中燃起。

所有的演员都未加修饰,赤裸的四肢动作起来越发生气勃勃。

在这神话之舞中,火意味着什么,普罗米修斯又意味着什么?

终场之后,品子仍在回味留在脑中的舞蹈,同时也在考虑这个问题,然后觉得理解为任何意味都行。

"人间得到火种的舞蹈之后,下一幕将是普罗米修斯被绑在山上的岩石上。"品子对波子说,"肉和肝都被黑鹫啄食……"

"是的。四幕的结构挺好,场景之间转换清晰,给人印象深刻。"

两人慢慢地走出剧场。

四位女生在等品子。

"啊呀,你们来了?"品子看着她们,"我找过你们,结果没找着,所以以为你们回去了呢……"

"我们在三楼。"

"是吗?好看吧?"

"欸,挺好的吧?"其中一个姑娘向同伴们发问,接着又说,"心里有点发毛,有的地方挺怕人。"

"是吗?早点回家吧。"

可是姑娘们还是跟在品子后面问道:

"三楼也坐着舞蹈家吧?"

"哪个舞蹈家,叫什么名字?"

"说是姓香山。"

说话的姑娘又以讯问的目光看着同伴们。

"香山？"

品子停下了脚步。

"怎么知道他是香山？"

品子转过身来盯着那姑娘。

"我们旁边的人说香山来了……那就是香山吧……"

"是吗？"品子的表情松弛了下来,"说这话的是什么样的人？"

"说话的人……没看清楚，是个四十来岁的男人。"

"你也见到那个叫香山的人了？"

"欸，见到了。"

"是吗？"品子的心一揪。

"旁边的人见到香山后说了些什么，于是我们也都往那边看了，仅此而已。"

"旁边的人说了啥？"

"好像说香山是个舞蹈家什么的吧？"姑娘询问似的看着品子,"谈到了他跳舞的事，不知他现在在干什么，还说他不跳舞了太可惜……"

十三四岁的女生是不会知道香山的，战后香山不再跳舞，香山已被埋没。

品子好像不相信这位香山会在帝国剧场的三楼，问波子说：

"真的会是香山吗？"

"或许是的。"

"香山来看《普罗米修斯之火》？"品子的声音凝重，与其说是问波子，莫若说是在问自己，"在三楼……是不愿被人看见吧？"

"也许是的。"

"哪怕是掩人耳目，也还想看舞蹈表演——难道香山的想法变了？特地从伊豆出来了？"

"也许是来东京有事，顺便的吧，大概在哪里看到了《普罗米修斯之火》的广告画，只是想来看一眼吧？"

"他不是那种顺便看一眼的人。香山来看舞蹈表演，一定是有着什么想法，一定是的。说不定他还悄悄地来看过我们的公演呢……"

波子觉得品子正在展开想象的翅膀。

"香山看得认真吗？"

品子问姑娘。

"不知道。"

"他是什么样子？"

"西服……没看清楚。"

姑娘与同伴们面面相觑。

"他来东京不通知我们？会有这种事？"品子伤感地说，"而且我们在二楼，香山在三楼，我居然没有感觉，这是怎么啦？"她又突然把脸贴近波子说，"妈妈，香山一定还在东京站，咱们去找他吧……"

"是吗？"波子安抚她说，"香山既然悄悄地来，咱们就让他悄悄的不好吗？他不愿被人发现吧。"

品子却急躁地说：

"已经放弃舞蹈的香山为何又要来看舞蹈，就凭这一点，我得问问他。"

"那就赶紧去看看？不过不知在不在车站了。"

"好的，我先去看看，妈妈随后就来……"品子说着便加快了脚步，一面对四个女生说，"你们早点回去吧。"

波子对着品子背影叫道：

"品子，在车站等着……"

"好的，在横须贺线的月台。"

品子带着小跑，却还回头看，直到母亲的身影已远，才真的跑了起来。

品子赶得越紧就越觉得香山一定在东京站，而且马上就要不在了。

随着呼吸的急促，品子的心潮起伏，随着这起伏，仿佛一团团火焰在摇曳。

在《普罗米修斯之火》的舞台上，人群中一只只手擎着火把起舞，她似乎能看见那火在自己的身体之中。

隔着火焰，香山的脸时隐时现。

路两侧的老洋房几乎全都被占领军占用，昏暗的街道上行人稀少，品子奔跑时得以免受阻碍。

"旋转，三十二圈，三十二圈……"

她喃喃自语，用以缓解疲劳。

《天鹅湖》第三幕中，恶魔的女儿变作白天鹅，单足旋转而舞，若能漂亮地连转三十二圈或以上，则会成为芭蕾演员的骄傲。

品子虽然还没担任过《天鹅湖》的主角，但经常试着在做增加旋转次数的练习，这"三十二圈"就是她在气喘吁吁时发出的号子声。

来到中央邮局前，品子放慢了脚步。

她四处张望，一面上了横须贺线的登车处，湘南电车正在待发。

"一定是这趟车。啊，赶上了。"

气喘刚刚平息下来，品子便一个个车窗挨着看，一面还担心已经看过一遍的车厢中那些站着的乘客会不会挡住了香山的身影。

还没走到最后一节车厢，发车铃就响了，品子蓦地跳上了车。

"啊，妈妈……"她想起了与波子约好在这个月台会合的，又转念一想，"可以在大船站下车。"

品子站在电车通道上环顾四周的乘客。

她认为香山一定在这车上，所以准备仔细搜寻。

到了新桥站，车上挤了起来。

品子走遍了所有车厢寻找，直至电车到了横滨站。

可是香山不在车上。

"会不会是乘下趟火车或是电车……"

香山大概很久没来东京了,也许会去银座一带逛逛。

品子在犹豫:是不是换乘后面一班火车回去?

但她仍然觉得香山就在这电车上,是不是因为只查了一遍而看漏了——到了大船站该下车时,她还在这样想。

品子沿着站台走,一个个车窗看过去,直到电车启动,她才站了下来。

随着窗中的人迅速地驰过,品子仿佛被这电车吸引住了。

这趟车的终点站是沼津,所以香山应该在热海换乘伊东线,品子如果也乘这电车,然后在热海站或伊东站突然站在香山面前,那将会……

品子目送电车良久。

电车已经消逝,普罗米修斯的形象似又在夜晚的旷野上浮现。

那是被缚在高加索山的岩石上的普罗米修斯,暴露在风雪之中,任凭凶鹫啄食自己的肉和肝。一头白色的母牛从山脚下走过,这是美丽的少女伊娥因被主神之妃赫拉妒忌而变成母牛。普罗米修斯叫伊娥变成的母牛向西再向更远的南方走,直至尼罗河畔,在那里可以由母牛变回少女之身,成为国王之妃,由其血脉生出勇士赫拉克勒斯,将会砍断普罗米修斯的锁链。

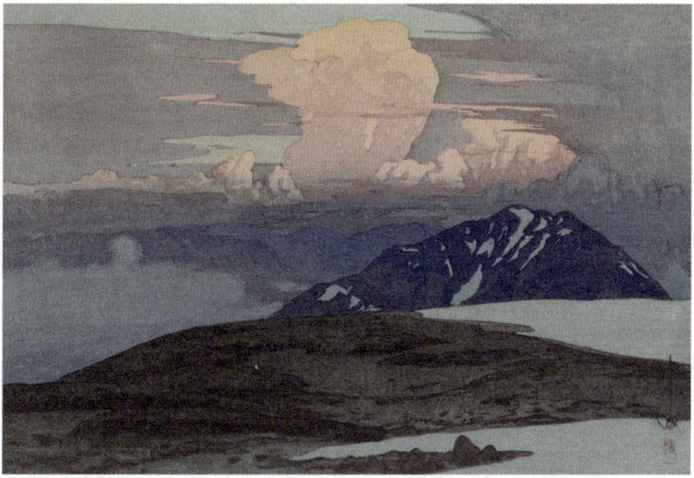

宫操子演母牛伊娥,那如诉如盼,充满痛楚的舞蹈出现在品子眼前,让她没来由地觉得自己就是伊娥,香山就是普罗米修斯。

品子换乘横须贺线,直接到北镰仓下车等候母亲。

"啊,品子,你乘车去哪里了?"

波子如释重负地说。

"我乘湘南电车过来的。匆匆赶到东京站时,湘南电车正要发车,我想香山肯定在这车上,于是就乘上去了。"

"那么香山在吗?"

"没在车上。"

出了车站往圆觉寺方向去,直到过了轨道,两人都沉默不语。

看着投在小路上的樱树树影,波子说:

"你不在东京站,我以为是跟香山去哪里了。"

"如果在车站遇到香山,我会在车站等妈妈的。"

品子答道,声音却带着不安。

今晚分别坐在帝国剧场的二楼和三楼,品子因此觉得香山与自己突然近了。

她俩回到家里,矢木与高男正在起居室的活动暖炉旁相对而坐。

高男有点尴尬的样子,抬头看着波子说:

"您回来了?今天遇到松坂,他让我向您问好。"

"是吗？"

矢木不语，一副不悦的表情。他与高男好像正在议论波子。

波子觉得喘不过气来。

"松坂没想到妈妈这么漂亮。"

高男说道。

"应该是我没想到他那么漂亮。他是你什么样的朋友？"

"什么样的朋友……"高男眼中蒙上了阴影，突然腼腆起来，"跟他一起时我就感到幸福。"

"是吗？那孩子让你感到幸福……我却觉得见到妖精一样……少年向青年转变的时期，男孩子大概会有各种各样的情况，有的人变化得很突然，有的人则看不出明显变化，而他好像正是在这变化期突然出现的。"

"高男也处于这转变期呢，"矢木插话，"要多关心他呀。"

"啊……"

"今晚又跟竹原君一起的吗？"

"没有，是跟品子……"

"哦，今晚跟品子在一起吗？"

"是的，品子来排练场约我的……"

"跟品子一起就好，不过，你最近跟高男在一起过吗？除了那次跟竹原君一起在路上遇到高男之外……"

波子竭力控制着肩膀的颤抖。

"除此之外，你想过要和高男在一起吗？"

"啊呀……当着高男的面，你都说些啥呀？"

"没关系的。"矢木平静地说，"生下高男后也已二十年了，在这期间咱家不就四个人吗？我希望大家能互相关心，好好过日子嘛。"

"爸爸，"品子叫道，"您若能关心妈妈，我们大家不就都能互相关心了吗？"

"哦？我就想到品子会这么说了，可是你有所不知，在你眼里，妈妈大概就是爸爸的牺牲品吧？其实并非如此，多年的夫妻一般是不会一个人让另一个人去牺牲的，多数是共同倒下。"

"倒下？"

品子盯着父亲看。

"倒下后难道不能互相扶起来吗？"

这次是高男插嘴了。

"问题是……女人自己先倒下，却认为是被丈夫弄倒的。"

"正因为认为是被丈夫弄倒的，于是就想借别人的手起来，其实明明是自己倒下的。"

矢木基本还是重复刚才的话，只是加进一句"别人的手"。

"爸爸和妈妈都没倒下呀!"

品子紧皱眉头说。

"是吗?那么你妈妈大概正在摇晃之中呢。品子,你是向着妈妈的,但你认为妈妈应该与竹原君继续这种不正常的交往吗?"

"我觉得应该。"

品子干脆地回答。

矢木平静地微笑道:

"高男怎么认为?"

"我不想被问这种问题。"

"那倒也是。"

矢木点点头,高男却不依不饶地说:

"不过,妈妈确实是在摇晃之中,爸爸您也见到了吧,咱家生活越来越艰难,您却好像熟视无睹,这让我真看不下去。"

矢木不再把脸对着高男,而是抬头去看波子头顶上方的匾额,那是良宽[1]所书"听雪"二字。

"不过这其中是有历史的,二十年的历史,高男是不知道的。"

"历史?"

"嗯。我是不太想讲的。战前咱家日子过得挺阔绰,

---

1 良宽(1758—1831),日本名僧,擅书法。

但能过阔绰日子的是你妈妈而不是我。我没想过要阔绰。"

"可是，咱家变得困难完全不是因为妈妈的奢侈，而是因为战争呀。"

"当然，我并非那个意思，而是说在咱家过阔绰日子时，只有我一人在精神上是过着穷日子过来的。"

高男被说倒了，只是"啊"了一声。

"从这点来说，品子打小就是妈妈的富宝宝，高男也是这样，应该说是三个富人养着一个穷人过来的。"

"您说这样的话……"高男打顿了，"我虽不太明白，但总觉得自己对您的尊敬受到了伤害。"

"我做过波子的家庭教师，那之后的历史高男是不知道的，所以……"

波子被矢木的话勾起了种种记忆。

然而她不明白丈夫何以一反往常地说出这样的话，难道是要一吐积怨？

"你母亲也许觉得受了我二十年的伤害，但真是那样吗？如果像你妈妈想的那样，品子和高男岂不是都不该生下来吗？你俩会因此而向妈妈道歉吗？"

波子觉得自己心底都凉透了。

"我和高男要向妈妈道歉，说我们不该生下来吗？"品子反问道。

"是的。如果你母亲后悔跟我结婚的话……最后不就成了这么回事吗？"

"我能不能只向妈妈道歉而不向爸爸道歉？"

"品子！"

波子厉声喝住品子，然后对矢木说：

"你为什么要对孩子说这么过分的话？"

"我是打个比方。"

"是呀。"高男开口了，"该不该生下来之类的话我们听了也没什么实际的感觉，爸爸说的时候也是有口无心吧。"

"就是打个比方。两个孩子都已二十，但你母亲如果仍对我不满意，我就只能为女人想象力的顽固而叹服了。"

波子像是吃了一记闪击而不知所措。

"竹原之流不就是个凡夫俗子吗？他的优势就在于没跟波子结婚吧，也只能算个可望不可即的人物。"矢木轻蔑一笑，"射进女人心中的箭是拔不掉的吧？"

波子不明白他的意思。

"两个孩子都已二十了。"矢木又重复了一句，"从年轻时代至今的二十年，大体就是女人的一生了，你却在无聊的空想中度过，至今后悔也来不及了吧。"

波子低下了头。

丈夫的真意何在，几乎难以捉摸。矢木的话虽各有所指，却又似乎缺少一贯性。

他虽是责怪竹原，但态度冷静，让人不能肯定是不是在折磨波子。

然而波子觉得矢木让她看到了他自己的空虚和绝望。矢木如此崩溃、如此无所顾忌地说出难听的话，这是从未有过的。

波子从没见过矢木在孩子面前暴露自己的隐痛。

波子如果受到伤害，矢木也会被伤害；波子如果倒下，矢木也会倒下——矢木似乎是要让孩子们如此认为，而他这种说法对品子和高男会有怎样的影响呢？

"如果你的意思是要一家四口相互关心……"

波子声音颤抖，后面的话就说不出来了。

"品子和高男都要好好想想，依妈妈的做法，这个房子不久就会卖了，大家都将一无所有。"

矢木忿忿地说。

"好呀！妈妈，早点把一切都化为乌有吧。"

高男说着耸了耸肩。

这房子没门没墙，小山环抱庭院，山的断口自然形成了房子的入口，山脚向阳，冬天暖洋洋的。

入口处左右都有小偏屋，右边的偏屋原先虽说是别墅看门人的住处，却也能看出波子父亲在建筑方面的情趣，战后曾被竹原租住，现在是高男在用。波子要卖的就是这偏屋。

品子单独住在左手的偏屋。

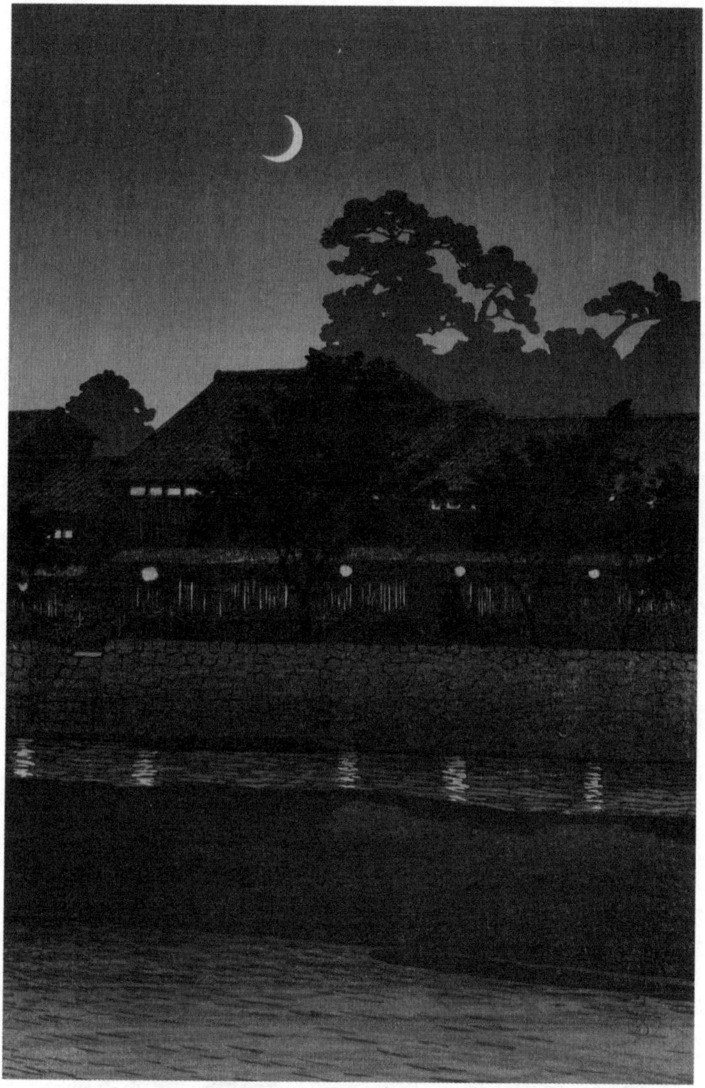

"姐，我能去你那里一会儿吗？"

出了正屋高男便说。

品子用火铲带着火种，黑暗的庭院中，火种的光亮映在大衣纽扣上。

品子低头往火盆里加炭，手却在颤抖。

"姐，爸妈的事你是怎么想的？事到如今，我已是既不意外也不难过了。因为我是个男人……所谓家、所谓国，我都已不抱幻想，没有父母的爱，我一个人也能过下去。"

"爱还是有的，无论是爸爸还是妈妈……"

"虽然是有的，但爸妈之间若能有爱，并汇合起来贯注在孩子身上就好了，而这两股爱流分别贯注，我要去分别理解他们双方，实在已是筋疲力尽。我虽不愿套用父亲的说法，但在如今这不安的世界上，对于我们这不安的年龄来说，加上夫妇间二十来年的不安，让人何以为堪？如果要为我们的出生而道歉，也应该是对着自己，对着时代的不安道歉吧。父母是不知道这些的，如今孩子的不安是不会得到父母慰藉的。"

高男说得起劲，一边还拼命地去吹火盆里的火。

灰被吹起，品子抬起了脸。

"妈妈说像是妖精的那个松坂，他见到妈妈后便对我说：'你妈妈在恋爱……一场痛苦的恋爱。看见她，就感受到一种类似人间乡愁之类的东西。你妈妈那恋爱中的样子能使人产生一种恋爱的感觉……与其说是喜欢你妈妈，不如说是更喜欢你妈妈的恋情。'松坂固然虚无，但属于那种如花一般娇艳的虚无，所以……我虽或许是被他的魔力所魅惑，但确也已经不觉得妈妈的恋爱是不洁的了。妈妈是不是因为觉得我在为爸爸监视她而恨我？"

"说不上恨吧……"

"是吗？我确实监视过她。我无疑是偏向爸爸、尊敬爸爸的，但这位靠着妈妈照顾的爸爸却被妈妈所背叛，这让我感到幻灭。"

品子看着高男，心里像被刺了一下。

"不过已经无所谓了，姐，我可能会去夏威夷上大学。日本政治运动太多，父亲好像怕我待在这里成为共产主义者。他让我在决定之前先别告诉妈妈。"

"啊。"

"爸爸自己也正在为去美国大学教书做各种准备。"

高男虽说他的夏威夷之行和父亲的美国之行都尚未确定，但矢木居然瞒着波子和女儿如此策划，这让品子愕然。

"丢下妈妈和我……"

她啜嚅道。

"你也可以去法国或英国嘛。把这房子和妈妈的东西都卖了……反正最后都会失去的……"

"一家离散……"

"即使在一个屋檐下,还不是离心离德?同在一条行将沉没的船上,各自都在挣扎逃命……"

"照你这么说,就是要把妈妈一人留在日本啰?"

"是的吧……"高男的声音很像父亲,"不过妈妈也许就被解放了。一生中让她独居真正短暂的一段时间又如何?她不是供养咱们三人二十多年了吗?况且她已发出了怨声……"

"啊?怎么能说这么冷酷的话?"

"爸爸似乎不放心我待在日本,因为我们不像从前的人那样以自己国家作为依靠并引以为自豪。我对爸爸的新见解深有同感,我出国不是为了求学也不是为了求发展,只是为了避险而逃离日本,因为待在日本就有可能堕落、破灭。夏威夷的本愿寺有父亲的朋友,是他让我过去的,而我和父亲都一致认为我可以在那里工作,不必再回日本。父亲想麻醉我,要我成为一个世界人,其实这既是一种希望,也是一种绝望。"

"麻醉……"

"细想一下,父亲是要把儿子扔到国外去,所以他的心理也有可怕之处呢。"

品子看着高男一双纤细的手,那手握成拳头在火盆边沿蹭来蹭去。

"妈妈太天真了。"高男冒了一句后又说,"但是姐姐既然从事芭蕾,若不尽早走到世界上看看,不就抱憾终身了吗？不管去世界上的哪里，一年就是一年。最近我这么一想，对这个家也就没有什么留恋了。"

高男说：父亲筹划去美国或南美，可能是害怕下一场战争。

"姐，如果咱家四人分别生活在世界上的四个国家，想起日本的这个家时，又会泛起怎样的感情呢？当我觉得孤单时，也会这样遐想的。"

高男回另一边的偏屋去了，剩下品子一人。她拭去脸上的敷粉，一面把脸靠近镜子，看着自己的眼睛。

父亲和弟弟，男人的内心世界让人害怕。

但映在镜中的眼睛闭上后，便出现了绑在山岩上的普罗米修斯，她实在觉得那就是香山。

当晚，波子拒绝了丈夫。

长年累月中，她既没明确拒绝过，也极少主动要求过。波子开始为此而觉得不正常后，又觉得这大概就是女性的标志，便处于半是认命的状态，然而一旦试着拒绝，却也啥事没有，只不过是顺其自然而已。

突然间波子不知怎的被弹起似的一跃而起，合拢了睡衣的衣襟坐着。

矢木吓了一跳，睁眼看她，不知她的身体有哪里疼痛。

"这里像是戳进了棍子一样。"波子由上往下地抚摩着自己的胸口，一面说，"请你别碰我。"

波子被自己拒绝丈夫的做法惊着了，脸色发红，抚胸的动作也显得稚拙。

她因严重的羞怯而蜷缩着身子。

矢木因此没能觉察到波子全身汗毛竖起。

波子熄了床边灯躺下后，矢木便从身后温柔地去抚她"戳进了棍子"的胸口。

波子背后的肌肉不停地跳抖。

"是这里吗？"

矢木说着。用手去按她僵硬的肌肉。

"行了。"

波子把胸部扭开去，想离他远一点，矢木的胳膊硬把她拉过来。

"波子，刚才我口口声声地说是二十年，其实我已有二十多年没有碰过这个女人之外的其他女人，只有这个女人能吸引我。作为男人的一辈子来说，这是一种不可思议的例外，而这都是因为这个女人的原因……"

"请你别说什么'这个女人'。"

"因为我的心里没有其他女人，所以才说这个女人。这个女人大概从来不知道嫉妒的。"

"知道。"

"嫉妒谁？"

现在波子不能明说自己正嫉妒着竹原的妻子，便说：

"没有不知道嫉妒的女人，哪怕是对从未见过的人，女人也会嫉妒的。"波子听见了矢木的呼吸声，便用手去捂耳朵，像是要避开气息的味道，"如果我们都觉得不该生下品子和高男的话……"

"那只是打个比方而已，可是在高男之后为什么就不生孩子了呢？要是再生也挺好的嘛。现在回想起来，自你热衷于舞蹈之后就没有孩子了，是这样的吧？基督教牧师说过：开始从事舞蹈的人就是恶魔，舞者的队伍就是恶魔的队伍……哪怕你现在开始不再跳舞，或许还能再生一两个孩子呢。"

波子再一次毛骨悚然。

时隔二十年后再生孩子，波子想也没想过，被矢木这么一说，似乎就有一种不怀好意的挑衅意味了。

但也难说自己在这方面就一定没有过错——波子为此感到恐惧。

波子与竹原一起，有时会突然被恐惧所袭，而今晚虽与矢木在一起，仍为恐惧所袭。

"我不会再说害怕了。"

看完《长崎的踏绘》后，波子低声对竹原这样说过。这是因为她意识到自己以往恐惧的发作其实可能就是爱意的突发，她是在向竹原诉说这样的突变。

然而与矢木一起时的恐惧感不可能被她认为是爱意的

突发，若硬要与爱情牵强附会，那也就是一种对于爱意已逝的恐惧，或者说是在并无爱情之处描画爱情，待那幻影消失之后产生的恐惧吧。

人与人之间的厌恶，莫过于心生厌恶的夫妻间的肌肤接触——波子甚至对此也有切身之痛。

这种厌恶若变成憎恶，大概就是一种最不堪的憎恶了。

波子不知怎的忆起一些琐事。

那是与矢木婚后不久的时候。

"大小姐连洗澡水也不会烧呀。"矢木说，"先盖上桶盖，就可以省煤了。"

于是矢木拆了一个啤酒箱，手工做成一个桶盖。

他还细心地教波子根据水的温度来增减用煤。

波子洗澡时会因那粗陋的盖子浮在水面而嫌脏。

矢木做桶盖花了三四个小时，波子一直站在后面茫然地看着，所以矢木当时的样子她至今仍能记得。

这个家庭阔绰的生活当中，唯有矢木独自在精神上一直过着贫穷的生活——这段告白在今晚矢木所说的话中对波子的触动最大，让她听了如临崩溃，坠入黑暗深渊。

二十几年来依靠波子而生存，这似乎酿成了一种根深蒂固的憎恨和报复心理。矢木与波子的婚姻是矢木母亲的主意，矢木好像是在锲而不舍地完成其母的谋划。

波子继续抗拒着矢木之手温柔的诱惑。

"你说了那样的话，不知品子和高男会怎样想，我放心不下，得去看看。"

波子说着便起床出去。

真的走到庭院仰望星空时，波子又觉得无处可去。

白云逼近后山，形似日本画中的波涛。

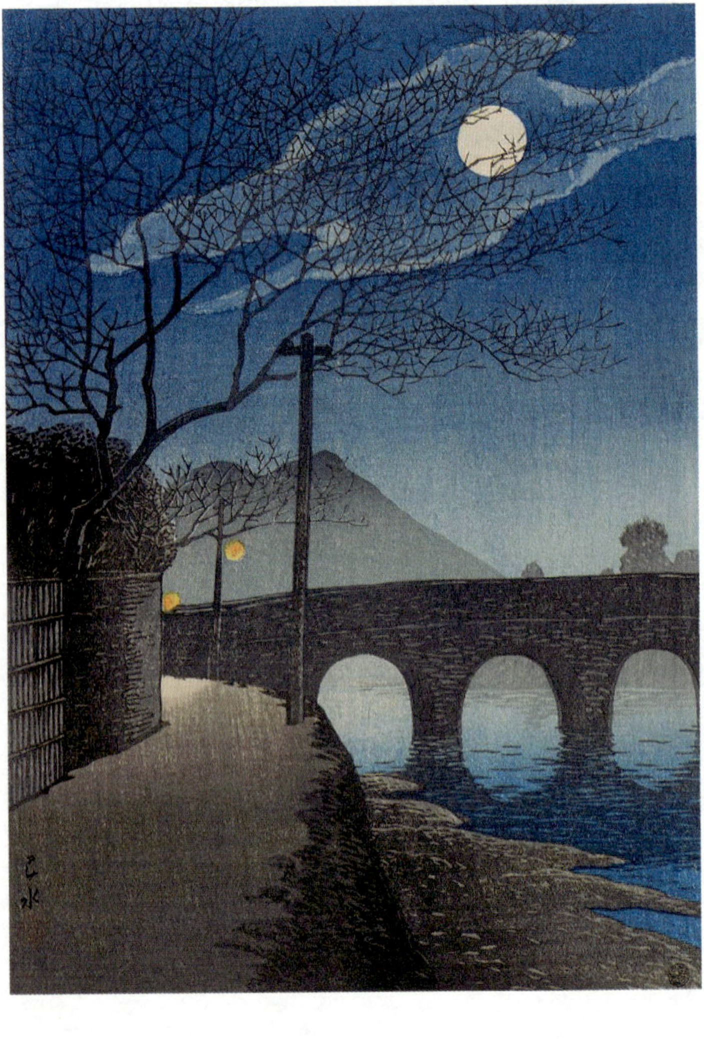
巴水

佛界与魔界

品子进父亲的房间时,矢木不在,一幅她没见过的"一行物"[1]挂在壁龛,她看了一下,好像是应读作"入佛界易,入魔界难",走近再看上面的落款印,是一休[2]。

"一休和尚……"

品子有点亲切感。

"入佛界易,入魔界难。"

这次她读出了声。

禅僧的话她虽不太懂其意义,但是佛界易进,魔界难进,这好像说反了,可是眼见所写文字,并用自己的声音说出来,品子便又似有所悟。

房间里没有人在,却似有这话在。一休的大字,似在用一对活生生的眼睛观察一切。

而且,屋里还留着父亲先前在时的气息,使房间反倒

---

[1] 一行物,只有一行字的书法作品。
[2] 一休宗纯(1394—1481),日本禅宗临济宗名僧,也是著名的诗人、书法家和画家。

有了一种稍带温度的清寂。

品子静静地坐在父亲的座垫上看着，心情却难以平静。

她用火筷拨开炭烬，露出一小块炭火。这手炉是备前地方烧制的。

书桌一角的笔筒旁立着一个小地藏菩萨。

这地藏是波子的东西，不知何时起放到了矢木的桌上。

高七八寸的木像据说是藤原时代的作品，黑漆漆、脏兮兮的，光头圆得像佛像，一只手拿着比身子还高的手杖，这手杖也是古董，线条笔直清晰。

以尺寸而言，这地藏像好像挺可爱，但看了一会儿，品子怕了起来。

父亲今早也是这样坐在桌前看看地藏的木像，又看看一休的字吧——品子如此想着，又把目光投向壁龛。

起首的"佛"字是工整的楷书，到了"魔"字则成了潦草的行书，品子便没来由地有了魔的感觉，这也令她害怕。

"难道是在京都买的吗……"

家里原来没有这挂轴。

父亲是在京都淘到了一休的书法，还是因为喜欢一休的话而买回来的呢？

壁龛旁边原先的挂轴被摘下了。

品子起身走过去看，那是久海切[1]。

波子的父亲在这个家里留过四五幅藤原时代的和歌作品断片，但只留下了久海切，其余都被波子卖了。久海切据传是紫式部所书，所以矢木不肯放手。

品子出了父亲房间后又一次嘀咕了一遍"入佛界易，入魔界难"。

难道这话与父亲的内心有某种相通之处？对于此话的确切本意，品子左思右想而不得其解。

品子在母亲去东京之前一直待在排练场，来父亲的房间看看，是想跟他谈谈母亲的事情。

也许一休的书法代替父亲给出了某种回答吧。

大泉芭蕾舞团的研究所里有二百五十多名学员。

这里不像学校那样有固定的招生和入学时间，而是随时可以入校，而且还有人持续请假乃至完全不来了。因为学员的进出络绎不绝，所以确切的数字很难把握，但从未少于二百五十人，而且细算起来，总是往上增长的。

除了大泉芭蕾舞团，东京主要的芭蕾舞团一般应该也都有二三百名学员。

然而这众多的学员都非经过严格的考试进来，而是和其他演艺类的弟子一样，只是因为想学学芭蕾，便轻易地

---

[1] 久海切，相传是《源氏物语》作者紫式部亲书的和歌作品断片。

入学。这些少女入门的时候从不仔细地了解一下自己是否适合芭蕾，最后有无可能登上舞台。

东京的芭蕾教习所有六百来家，其中大的教习所若有三百以上学员，似乎就应开设正规的舞蹈学校，挑选素质好的学员，进行正规、严格的教学，但这里好像并无此类计划。

大泉研究所的学员也多为女生，在学校放学回家的途中来练舞。

中学女生分为五个班。

她们之下有小学生的儿童班。

她们之上则有年龄和技艺都高一层次的两个班，再朝上会有尖子班。

尖子班里顾名思义都是芭蕾人才，研究所长大泉一直亲自指导，与她们共同学习。他们是这个芭蕾舞团的主要演员，只有十个人，包括女性八人，男性两人，品子也是其中之一，而且年龄最小。

尖子班的成员都作为助教担任下面各班的指导。

除此之外，还有一个为上班族而设的专科班，年龄也参差不齐，并因受职业所限而无法登台参加芭蕾舞团的公演。

品子每周参加尖子班上课，此外有些日子还作为助教参加排练，基本每天都要去研究所。

研究所在芝公园里面，从新桥站步行也只需十分钟左右。

今天因心事重重,她便没有乘车,恍恍惚惚地走过来的,到了研究所门口,见一个母亲带着一个小学五六年级模样的女孩站在那里。

"请问,可以让我们参观一下吗?"

"好的,请进。"

品子答道,看着少女。

大概是缠着要学芭蕾,母亲只好带着来了。品子开门让这对母女先进,接着便听里面有人叫道:

"品子,你来得正好,等着你呢。"

叫品子的是这里的男性首席舞者野津。

野津是这里的 Danseur Noble,也就是与首席女舞者搭档演王子角色的演员,有着与此相称的高雅外形,缩腰长腿,整个线条给人一种罗曼蒂克的感觉,日本人中鲜见像他那样能与古典风的白色芭蕾舞装相称的。

但是他在排练时穿着黑衣。

"今天太田请假了,我正想品子要是来了,就请她弹钢琴呢。"野津说道,话中常常带有女性腔调,"好不好嘛?"

"行。"品子点头,然后又说,"钢琴谁都能弹嘛。"

太田是专为练舞伴奏的女钢琴师。

即使没有钢琴,靠着教师用口令或手势打节拍也并非不能进行芭蕾的基本训练，没有伴奏的教习所也很多，但这里采用了切凯蒂[1]的练习曲，音乐的有无会导致很大的差别，那些习惯了跟着伴奏练舞的学员一旦没有了钢琴，就会觉得失去了节奏感。

品子对那对来参观的母女说：

"请来这边。"

让她们在门旁的长椅坐下后，她自己走近暖炉旁。

"品子，你是不是脸色不大好？"野津低声问道。

"是吗？"品子站着说道。

"是不是因为我请你弹钢琴而不高兴呀？"

"不是。"

野津头上缠着一条藏青丝巾，上有细小的水珠花纹，虽未打结，却缠得很好，本来只是防止头发被甩乱，但在此处却也看得出他的品位。

"虽然有人能弹钢琴，可是……"

野津从暖炉前的椅子上把头半转过来，抬头看着品子，缠着蓝色丝巾的额下，眉间尤显俊美。

他好像是要夸赞品子的琴技。

品子从小就一直随母学习钢琴。

波子正规地学过钢琴，二十年前年轻时就已入行，以

---

[1] 切凯蒂（1850—1928），意大利著名舞蹈家、舞蹈教育家，其学生有巴甫洛娃、福金、尼任斯基等芭蕾大师。

致到了今天这个年岁，觉得还是当个钢琴教师自在。

一般的舞曲品子也都会弹，切凯蒂的练习曲用于芭蕾的基本训练，自然比较简易，何况每天反复入耳，自己也弹得手熟，已经记在脑中。

品子弹时一旦分心，野津就走近过来说：

"怎么啦？有点快了，跟平时不一样。"

上这堂课的班级被称为"高等科"，是中学女生之上那两班中的 B 班，在公演的舞台上跳群舞。

B 班的人可以升到 A 班，其中跳得更好的人就会被提拔到品子所在的尖子班了。

用芭蕾术语来说，跳群舞的人中既有跳 Quadrille（群舞）的，也有跳 Coryphée（领舞）的，后者是群舞的领舞者。

但是尖子班的 Soliste（独舞演员）中，既有跳 Coryphée 的，也有再从 Coryphée 中选拔出来跳独舞的。

大泉芭蕾舞团的二百五十多人中，能上台参加公演的有五十来人。

高等科的 B 班学员都是学习多年并已掌握技巧的，对这个研究所的风格和教学方法都很熟悉。

他们手握把杆做开始的练习时，都是与往常一样的重复动作，进行得很顺利，品子弹钢琴时也就只是一如往常地动动手指。

她因此受到野津的指摘。

"对不起。"品子道歉说,"有点快了……是吗?"

品子的表情在掩饰自己受到意外指摘时的尴尬,似乎认为自己不会有什么问题。

"你认为仅仅如此吗?你心不在焉地在弹,让我心里着急……"

"啊呀,抱歉。"

品子的脸红了,眼睛看着白色琴键。

"没关系。但你是不是有什么事?"野津低声细语道,"跳舞就是这样,老是反反复复地跳,会让人喘不过气来。"

被他这么一说,品子真的觉得自己呼吸急促,心跳加快。

野津的汗味似乎让她喘不过气来。

从刚才野津靠近过来,自己回过神来的时候开始,品子就觉得汗味刺鼻。

两人一起跳舞时,汗味有时还让她觉得挺好,而今天则像是多日未洗的汗味。

野津的排练服之类是经常换洗的,但可能因为是冬天就偷懒了吧?

"对不起,我会注意的。"

品子难耐汗味,便赶紧说了一句。

"回头见……"野津离开了钢琴旁,"那就拜托了。"

品子奋力地弹奏，为了合上节拍，她随着学员的脚步声动着自己的身体。

下一段练习离开把杆进行。

芭蕾的术语采用法语，正如音乐术语采用意大利语。

野津指挥学员连续做 Pas（舞蹈动作），跟着品子的钢琴声，他的法语越来越流利，而品子却又似乎是在跟着野津的声音弹琴。

野津甜腻的声音一旦变得高亢澄澈，那一遍遍重复的"Plie"[1]"Pointe"[2]之类的发音，在品子听来也似有梦一般的柔和。

野津也会用手击拍或用口令数拍子。

这些声音都如在梦中回响，品子觉得学员的舞步声也渐渐远去，然后回过神来，又去看乐谱。

一个小时的课程因野津的专注而延长了近二十分钟。

"谢谢，你辛苦了。"

野津向钢琴走来，擦着自己的额头。

品子觉得一股新的汗味特别强烈。她鼻子的敏感难道也是因为心力交瘁？

"排练场有一个小时的空档，你歇一会儿，咱们一起

---

1 Plie，股关节向外转开，身体重心下沉，为跳跃作准备的芭蕾舞蹈动作。
2 Pointe，足尖站立的芭蕾舞蹈动作。

练练?"

野津这样对品子说,品子却摇摇头:

"今天算了吧。我在弹琴呢。"

一小时后是中学女生班上课,然后还有上班族那个班的排练。

品子回到暖炉旁,两个参观的女生从门口的长椅上起身走过来。

"我们想要这里的简章……"

"好的。"

品子把简章连同申请表一起递给她们。那位带小学生来的母亲也对品子说:

"也给我一份吧。"

野津独自在排练场的镜前做跳步的练习。

他做的动作是 Entreehat 和 Brise,都是跃起后在空中双脚互击,野津的 Brise 做得很美。

品子在暖炉前倚着椅子茫然地看着。

后面上课班级的助教们也到了排练场,各自在做练习。

刚以为野津走了,他却换好衣服从里面走了出来。

"品子,今天我送你回去吧。"

"可是没人伴奏吧?"

"没关系,会有人弹的。"野津穿上手中抱着的大衣,"从镜子里看到你,都能知道你心情不好。"

品子原以为野津只是对着镜子在看他自己的舞蹈动作，没想到他还在关注着她远远映在镜中的脸色。

下坡往御成门方向去的时候，品子说：
"我去妈妈的排练场看看……"
野津却说：
"很久没见你母亲了，我也能去吗？"
野津说着拦了一部空车。
"上次见你妈妈是什么时候？我们还谈到芭蕾女演员是结婚好还是不结婚好。你母亲认为还是不结婚较好，我说恋爱还是要谈的……"
一次两人在排练双人舞时，野津曾若无其事似的跟品子提出问题：为了使双人舞真正珠联璧合，两人是夫妇关系好还是恋人关系好，抑或是普通关系好。

本来专注跳舞的品子突然有所触动，变得身体僵硬，动作失调。有了心理障碍，也就没法在舞蹈时把身体托付给男人了。

男女配舞时，女演员在所有的舞姿中都把自己的身体全然交给男演员，被他抱起，被他托举，被他肩扛，还要被他抛接，用男女的身体在舞台上体现爱的形象。

首席男舞者甚至被称为女舞者的"第三条腿"，承担骑士的角色，而女舞者则相应地作为恋人角色与他相融相合，让"第三条腿"成为自己身体的一部分。

品子并非大泉芭蕾舞团的明星,也非首席女演员,但野津喜欢挑她做双人舞的舞伴。

旁人都认为两人的恋爱、结婚是必然趋势。

品子虽是姑娘,但或许野津对她身体的了解已超过婚姻关系,品子的一部分已为野津所有。

但野津在某些方面让品子没有男人的感觉。

这也许是因为他俩在跳舞中关系太熟,抑或是因为品子还是姑娘?

因为是姑娘,品子的舞蹈难有性感,只要野津说了什么,她的身体就会突然僵硬。

两人同乘一车让品子觉得比两人共舞更不自在。

何况今天她不想让野津去见母亲。

她不愿让野津看到母亲忧郁、烦恼的样子,而且她自己也在为母亲的事情牵挂,只想一个人去。

"你母亲真好。不过,她一说起芭蕾女孩婚姻、恋爱之类的话题,好像就会想起品子的事……"

品子也烦野津说这样的话,只好回了一句:

"是吗?"

波子的排练场没有灯亮,大门却开着。

波子不在。

天还没黑,但地下室微暗,只有壁镜有点哑光,对面沿街的横长天窗上映着街灯的光亮。

空无一物的地板给人寒意。

品子打开电灯。

"不在吗？回去了？"

野津说道。

"欸，可是……门没锁呀。"

品子去小屋看，波子的排练服挂着，摸了摸，冰凉的。

波子和友子都有排练场的钥匙，一般多是友子来得早，开好门等着。

友子离开后，不知母亲把那把钥匙交给谁了，品子也没在意，谁知友子离开造成的不便甚至波及钥匙这类事情。

这权且不说，做事仔细的母亲何以离开时忘了锁门？品子不安了。

今天不正常，去父亲的房间看时他不在，来母亲的排练场一看，母亲也不在。两事叠加，越发加重了品子的不安。

那人乍离去后，先前的气息宛如还在，反而让人觉得空虚。

"妈妈去哪里了呢？"品子对着屋里的镜子看自己的脸，觉得镜子里好像还有母亲先前的影子，"啊，苍白的……"

品子为自己的脸色吃惊，却又因面对野津而不便补妆。

品子她们排练时要出汗，所以几乎不敷粉，口红也只是薄薄的一层，所化的妆很难掩饰脸色。

品子出来走到排练场，点燃了煤气暖炉。

野津靠在把杆上，视线追随着品子，一面说道：

"不用点炉子了。你也回家吧。"

"不，我等等妈妈。"

"她还会回来吗？那么我也……"

"不知道还会不会回来呢。"

品子把烧水壶放在炉子上，从小屋里拿来了咖啡。

"排练场不错。"野津环视四周，"有多少学员？"

"六七十人吧。"

"是吗？最近听沼田说你母亲也即将在春天举办演出会……"

"还没决定。"

"你母亲的事，我也想帮一下，这里没有男的吧？"

"是的，没有招过男学员。"

"但是演出会若无男的，不觉得单调吗？"

"欸。"

品子因心中不安，不想多说什么。

品子低着头冲咖啡。

"在排练场也用银制器皿？"野津好奇地问，"还是只有女生的排练场干净，你母亲想得真周全。"

被他这么一说，再看看这里，确实收拾得干干净净，连银制器皿也显得与周围环境很协调。这里不像大泉研究所那样显得生气勃勃。大泉芭蕾舞团几次公演的海报把那里的墙壁装点得花团锦簇，而这里的装饰品仅有外国芭蕾舞女演员的照片，连《生活》之类杂志上的照片也被波子剪下，一丝不苟地装在镜框里。

"我还是什么时候看过你母亲跳舞呢？是在战争开始的时候吧……"

"也许是吧。战争激化后母亲就离开舞台了。"

"是和香山一起跳的……"野津似乎在回想当年波子的舞蹈，"如今想起来，香山那时应该还很年轻呢，跟我现在差不多吧……"

品子唯有点头。

"他应该跟你母亲年龄相差不少，但看不出来。"野津又压低了声音，"听说他跟你也常在一起跳……"

"一起跳？我那时还是孩子，算不上什么一起跳舞。"

"你那时多大？"

"最后一起跳……十六岁。"

"十六岁？"野津意味深长地重复品子的话，"你忘不了香山吧？"

"欸，忘不了。"

品子自己也没想到回答得这么干脆。

"是吗?"野津站了起来,手插大衣口袋,在排练场来回踱步,"是呀,我就是这么想的。我很理解。但香山已不是我们这个世界的人了,是吗?"

"并非如此。"

"那么你跟我跳舞时觉得是在跟他跳舞吗?"

"并非如此。"

"还是说并非如此吗……"野津从对面径直朝品子走来,"我可以等你吗?"

品子显出怕他走近的样子,摇头说:

"说啥等不等的呢……"

"你应该早就知道我在等你,再说香山也不算你的什么恋人呀,不是吗?"

要说香山不是品子的恋人,或许真的是这样。

但品子却因自己的纯情而不能接受野津这话。

没等野津走到自己身边,品子先忽地站了起来说:

"哪怕香山老师不算是我的什么人,别人也不能让我……"

"别人……我也算别人?"

野津嘴里嘀咕着,随即转身走开。

品子看着壁镜中野津的背影,看着他脖子上格子图案围巾呈现的那道红线。

"品子还在做少女的梦吗?"

品子追视着壁镜中的野津身影,觉得自己的眼睛有了光彩,那并非是因为野津,倒莫若说是涌起了一股拒绝野津的力量。

这力量也是为了战胜自己内心的孤独。

那是怎样的一种孤独呢?那种孤独常会令她身心突然紧张。

"我已决心:除非妈妈说我不能再跳,否则我决不结婚。"

"除非妈妈说你不能再跳?跟香山也……"

品子点头。

野津一直走到对面墙边,转身时看到品子在点头。

"真是小姐梦呀……可是这么一来,我跟你跳舞岂不耽误了你的结婚?大小姐就会这样把莫名其妙的角色强加于男人身上。"野津说着走了过来,"你在说谎,因为心里想着香山,所以这样说的……"

"不是说谎。我只想跟妈妈一起,她为了我的舞蹈花了二十年的心血。"

"现在是由我在照料着你跳舞……"

品子对此似乎也是认可的。

"那么就让我相信你说的话,你在跟我跳舞时并没在想跟香山结婚?"

品子盯着野津,眉头紧锁。

"我爱着你,你爱着香山,而咱俩一起跳舞时,这两

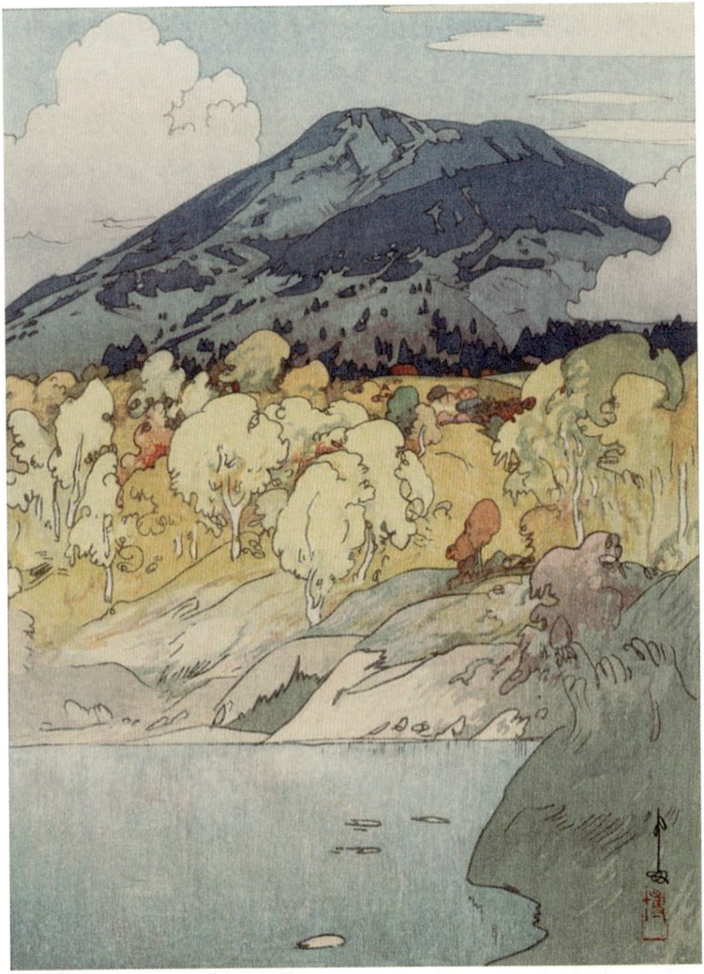

种爱都被克制着。如此看来，咱俩的舞蹈是何等的虚幻，是两种爱情的虚幻流动吧？"

"并非虚幻。"

"像是易碎的梦一样。"

可是野津被品子眼中的光彩打动了。她与先前全然不同，表情充满活力，那近在眼前的美丽中，唯有眼中仍含忧郁。

"我跳着舞等你。"

品子眨了眨眼，轻轻摇了摇头。

野津把手搭到品子肩上。

品子到家时，见高男所住偏屋还亮着灯，便叫道：

"高男，高男。"

雨窗里传出高男的声音：

"是姐姐吗？你回来了？"

"妈妈呢……回家了吗？"

"还没有吧。"

"爸爸呢？"

"在家。"

听到高男的开门声，品子连忙说：

"不用开门，不用开门，回头再……"

庭院里夜色已深，品子却怕自己不安的样子被高男看到。

开门声消失了。

可是高男好像站在走廊里。

"姐,你跟我说起过崔承喜吧?"

"是的。"

"崔承喜在十二月三日的《真理报》[1]上发表文章了。"

高男似乎把这当作了重大事件。

"是吗?"

"写到了她女儿的死。她女儿去苏联演出时,在莫斯科曾受到那样的欢迎……崔承喜的教习所里好像有一百七十名学生。"

"是吗?"

品子不像高男那样对崔承喜在苏联报纸上写文章的事津津乐道。

她用不安的眼神望着雨窗上梅树枯枝的投影问:

"爸爸吃饭了吗?"

"是的,和我一起吃的。"

品子没进自己的偏屋,直接去了正屋。

今晚还没见到母亲,品子便有点怕见父亲,可是这样一想,跟父亲打过招呼后反倒觉得不好马上就走开,便说:

"爸爸,我白天来过您房间,想看看您在不在……"

---

1 《真理报》,苏联共产党机关报。

"是吗？"矢木从书桌前回过头来，身体转向手炉方向，像是在等品子。

"爸爸，一休这佛界、魔界说的是啥意思？"

"你问这……这话挺有意思的。"

矢木静静地看着壁龛那里的墨迹。

"您不在时，我一个人看着这字便觉得发怵。"

"哦……为什么？"

"是应该读作'入佛界易，入魔界难'吧？魔界是指人间世界吗？"

"人间世界……你是说魔界？"矢木意外似的反问，"也许是的，也可这样理解。"

"人间的生活为何像是魔界？"

"虽说是人间，可是人间又在哪里？也许那里尽是魔鬼吧？"

"您就是这样理解这幅墨迹的？"

"怎么会呢……这里写的魔界还就是魔界吧，可怕的世界。是说那里比佛界难进。"

"爸爸您想进去吗？"

"你是在问我想不想进魔界？为何这样问我？"矢木饱满的脸上露出柔和的笑容，"你若断定妈妈要进佛界，那么我也不妨就进魔界吧……"

"啊呀，我不是这个意思。"

"'入佛界易，入魔界难'这句话让人想起另一句话：

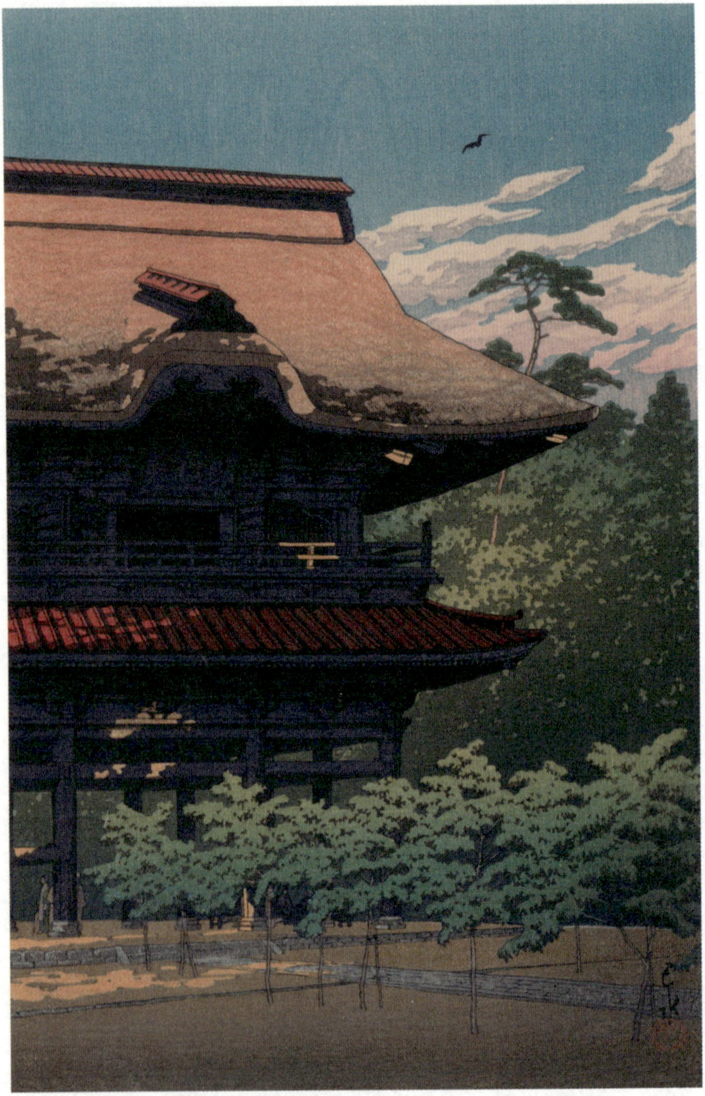

善人且可往生，况恶人乎，但似乎又不一样。一休的话应该是不带感伤情绪的吧，不会像你妈妈和你那样感伤……不会有日本佛教的那种感伤和抒情……那话也许是一种严峻的挑战。哦，对了，十五日茶会展出普贤十罗刹图时，你也去了呢。"

"是的。"

北镰仓有位姓住吉的旧画商每月十五号都举办茶会，由茶具商和茶道爱好者轮流主炊，已成为关东地区一个主要的茶会。

主人住吉是画商界元老，担任着东京美术俱乐部社长之类的职务，为人淡泊超脱，具有禅僧之风，与其称其为茶道宗匠，倒不如说其更有类似茶人之处，十五日的茶会也是凭借这位住吉老人的人品在做支撑。

矢木住得较近，所以会去茶会散心，那天看到壁龛那幅原先属于益田[1]家的普贤十罗刹图时，波子和品子也在场。

"那是你母亲喜欢的吧：普贤菩萨骑着白象，围着他的十罗刹都是身穿十二单衣[2]的美女，她们的形象原封不动地取自于当时的宫中女子，那就是藤原时代华美、感伤的佛画，应是体现了藤原的女性趣味和女性崇拜。"

---

1 益田，平安时代后期，藤原家族第四代把根据地移至益田地方，改姓"益田"。
2 十二单衣，日本平安时代命妇以上高位女官穿着的朝服。

"可是妈妈好像说过：普贤的脸只是漂亮，却不尊严。"

"是的吧。普贤是美男，却被画得相似于美女。《来迎图》本来据说是阿弥陀如来由西方净土来迎往生者的画面，而因藤原的向往和幻想，便又有了所谓的'满月来迎'[1]。藤原道长死时，阿弥陀如来的手中垂着一根线，而线的另一端则握在藤原手中。《源氏物语》产生于这位道长的时代，所以我从年轻时就研究《源氏》，你母亲却似乎鄙薄我是野蛮穷人家的儿子，卑微粗俗，与藤原的风雅情趣相去甚远。"矢木看着品子的脸，"在《来迎图》中，那些来迎接人间之魂的佛都打扮得漂漂亮亮，拿着乐器，做着起舞的姿势。女性之美能在舞蹈中得到极致的表现，所以我不干预你母亲跳舞，但是女人并非用精神跳舞，而只是用肉体跳舞，以我长期的观察，你母亲也是这样。比起出家为尼，女人可能还是跳舞更有美感，但仅此而已，你母亲的舞蹈不过是她感伤情绪的表现而已——日本式的……你的舞蹈难道不也是一种青春的幻境吗？"

品子正想反驳，矢木却撂下一句：

"魔界若无感伤，我就挑选魔界。"

正屋只有矢木的书房和波子的房间以及客厅，此外还

---

[1] 满月来迎，据佛经记载，普贤菩萨形如满月童子，以其为主人公的"来迎图"便有"满月来迎"之谓。

有储藏室和女佣的房间。

波子的房间就只好兼作夫妇俩的卧室了。

这房子原是波子娘家的别墅,所以当初这六铺席大小的房间便照闺房的感觉来设计,墙壁或拉门的下半部都裱着古董锦缎片。所谓古董,大概也就是元禄以降的江户时代的礼服之类。

最近,波子躺在床上看着那些用彩线缝成的古旧图案时,便会感到孤寂,那些旧布片太女性了。

自拒绝矢木之后,在床上对波子来讲成了一种苦痛。

矢木自那以后没有再对波子有过要求。

他俩相比,矢木属于早睡早起的一个,波子一般都在他之后上床,但在波子来睡之前,矢木总是睁着眼睛,并跟她说上几句才入睡。

波子如果在品子的偏屋聊得晚了,就会说:"你爸爸该睡了。"然后便回到主屋,因为想到了丈夫在床上等她。这已是常年形成的习惯。

作为波子,到了卧室后矢木若不跟她搭话,她就会觉得奇怪。

而如今这种习惯已让波子觉得害怕,矢木若在床上跟她说话,她就会一惊,进被窝时心头发紧。

"我没有罪过。"

她试着在心里自言自语,却仍不能平静,不由自主地去窥视矢木是否已入睡时,她觉得自己是在犯罪。

波子在床上甚至不敢翻身，不知是在等待什么，是等矢木入睡还是在等他求欢？

若被求欢，她怕自己再度拒绝而引起争执，但若不被求欢，则又似乎令人不安。

于是不等矢木入睡，波子便也无法入睡。

波子今晚在品子的偏屋聊天，虽已到丈夫就寝时间，她仍没回主屋。

"我听你爸爸说，你就壁龛的挂轴发表议论了？"

"啊？爸爸说我发表议论了？"

"是的。他说品子不喜欢，所以要换掉。大概是两三天前吧……"

"啊……我只是问他那是什么意思，爸爸说了很多，我却听不大懂。他说妈妈和我的舞蹈是感伤情绪，让我觉得挺难受的。"

"感伤情绪？"

"他好像是这么说，说我们跳舞本身就是感伤情绪……"

"哦……"

波子想起十五年前曾听矢木说过：通过芭蕾锻炼身体可以取悦丈夫。

当矢木说自己二十多年来"除了这个女人"没再碰过别的女人时，波子正一心要避开丈夫的臂膀，也许正因如此，那话才让她觉得生厌和缠人。

然而事后想想，也许正如矢木所说，作为男人来说，这确实是一种"不可思议的例外"。

作为"这个女人",难道是波子幸而有了这种例外之缘?

波子并不怀疑丈夫的话,她相信这是真的。

可是现在她却并未因此而感道幸福,反而似乎有一种郁闷的感觉。

这难道不反倒是矢木性格异常的某种证明吗——波子离开丈夫的立场来考虑问题。

"如果说我们的舞蹈是感伤情绪,那么我跟你爸爸的共同生活也是感伤的啰……"波子百思不得其解,"妈妈最近好像挺累的,春天之前大概是恢复不过来了。"

"你是因爸爸而累的,他在魔界看着你呢。"

"魔界?"

"跟爸爸谈话时,不知怎的,我好像失去了生活的勇气。"品子用丝带挽起长发,然后又将其解开,"爸爸是在靠吞噬妈妈的灵魂而生存。"

波子像是被品子的话惊住了。

"毕竟好像是妈妈背叛你爸爸的,我也应为此向你道歉……"

"爸爸难道不是在等着我们都被拖垮吗?"

"不至于吧……可是这个房子最近就要卖了吧。"

"早点卖掉,好在东京建一个排练场。"

"感伤的排练场……"波子嘀咕道,"但你爸爸反对呀。"

过了半夜两点,波子才回主屋。

矢木已经睡了。

波子摸黑把手伸进冰凉的睡衣袖子。

躺下之后,从眼眶到额头还是不觉温热。

"妈妈就睡我这里吧,爸爸已经睡了。"

尽管品子这么说,波子却说:

"你爸爸更要笑我们多愁善感了……"

说完回到主屋来睡,波子却觉凄清,希望能像年轻女孩那样跟品子彻夜在一起。

自己无法安睡,就似乎越发害怕把矢木吵醒。

早晨波子睁眼时,矢木已经起床,这是从未有过的。

波子心头一紧。

往事深沉

波子和竹原去四谷见附附近老房子废墟时,正在刮风。

拨开高过膝盖的枯草,波子在寻找排练场的基石,一边说道:

"钢琴原来是在这里的。"她的口气似乎觉得竹原当然是知道这些的,"当时要是运到北镰仓就好了。"

"事到如今还说啥呢,已是六年前的事了。"

"那可是施坦威O型,如今的我是买不起的,况且那钢琴还寄托着我的记忆。"

"小提琴是一只手就可以拎出来的,但我还是让它烧了。"

"是瓜达尼尼[1]吧?"

"是瓜达尼尼的琴,还有那把图特[2]的弓,想起就可惜。买那琴的时候,日元行情不错,美国的乐器商为了获

---

1 瓜达尼尼(Guadagnini),18世纪意大利制琴大师瓜达尼尼创建的提琴品牌。
2 图特(Tourte),法国著名琴弓品牌。

得日元,都把乐器拿到日本来卖。我现在把照相机往美国卖,每当碰钉子时就会想起当年那时候的事。"

竹原用手按着帽檐,背对风向站着,为波子挡风。

"我碰钉子时会想起那首《春天奏鸣曲》,今天站在这里,仿佛听到钢琴的余烬中传出了那首乐曲。"

"是呀,和你在一起,我也好像听到了两人一起演奏的《春天奏鸣曲》等乐曲,如今两件乐器都烧了。不过,那小提琴即使还在,我也已经玩不动了。"

"我的钢琴也力不从心了……不过现在连品子也知道《春天奏鸣曲》中有着咱俩的回忆了。"

"那还是品子出生之前的事了,深沉的往事呀。"

"开春我们若举办演出会,我要从咱俩共同记忆的乐曲中挑出适合舞蹈的跳一下。"

"万一在舞台上跳得正起劲时又突发恐惧,那就尴尬了。"

竹原打趣道。

"我已经不怕了。"

说这话时波子眼中放光。

枯草看似萧瑟,却令夕阳的光影也因其随风摇曳而闪烁。

波子的黑裙子上也有枯草的投影在晃动。

"波子,你即使找到了当年的基石,也盖不成原先的房子了。"

"是的。"

"我让认识的建筑师来勘测位置吧。"

"那就拜托了。"

"你得考虑一下新房子的设计了。"

波子点头,又说:

"你说深沉的往事,是不是说已深埋枯草之中了?"

"不是。"

竹原似乎不知如何解释是好。

波子走上了马路,一面回头去看那断垣残壁。

"那墙也没用了,建新房前要拆了。"

竹原也回头去看。

"大衣下摆沾了草籽。"

波子抓起大衣下摆翻看,却先去拍了拍竹原的大衣下摆。

"你转过身让我看看。"

这次轮到竹原说了。

波子的衣摆没沾枯草。

"你虽下了决心要建排练场,但矢木同意了吗?"

"还没有……"

"那就难了。"

"欸,如果要建在这里,等建成时我们还不知怎样了呢。"

竹原默然地走着。

"我虽与矢木共同生活二十多年，孩子也都大了，但这并非我的一生。我自己都奇怪，好像有几个分身，一个跟着矢木一起生活，一个在跳舞，还有一个也许在想着竹原。"

波子说道。

四谷见附的天桥方向吹来西风。

往圣伊格纳西奥教堂旁边转弯，外护城河的堤坝虽也遮了一些风，但堤上的松树仍似在啸鸣。

"我希望变回一人，从自己的几个分身变回一人。"

竹原点头，看着波子。

"你不劝我跟矢木分手吗？"

"这个嘛……"竹原接过话题，"我刚才就一直在想：如果与你不是老熟人而是刚刚初识，那会怎样？"

"啊……"

"我说深沉的往事，也是因为头脑里有这种想法。"

"与你现在初识……"波子不解地转向竹原，"不，我不会去想这些。"

"是吗……"

"我不愿意。年过四十才认识你……"

波子露出凄切的眼神。

"年龄不是问题。"

"我不愿意。"

"往事深沉才是问题。"

"可是,如果咱们现在才相遇,你会对我不屑一顾的吧?"

"你会这么想吗?我倒认为可能恰恰相反。"

波子停下脚步,心里像被戳了一下。

他们已到了幸田屋旅馆大门附近。

"这个问题待我以后再好好问你。"说着,波子像是要为走进旅馆而强作镇定,"我现在这样子不像害怕吧?"

走廊很长,半程处有个装饰架,放着一排鲁山人[1]的陶器,其中多为志野陶和织部陶的仿制品。

幸田屋里所用餐具是一式的鲁山人作品。

波子站在装饰架前望着九谷盘的仿制品,看见自己的脸淡淡地映在玻璃上,眼睛显得特别清楚,让人觉得熠熠生辉。

走廊尽头便是庭院,花匠正在铺枯松叶。

从那里右拐,然后再左拐,就可从汤川博士下榻过的竹间后面走到庭院。

"听说矢木来时住过这房间?"

波子对女侍说。

他俩被领到偏屋。

---

[1] 北大路鲁山人(1883—1959),本名北大路房次郎,日本著名篆刻家、画家、书法家、陶艺家。

"矢木什么时候来过？"

竹原脱大衣时问道。

"好像从京都回来时先来的这里。听高男说的。"波子用手从脸摸到脖子，"被风吹得糙糙的……对不起，我先去一下。"

她在洗手间洗了脸，然后坐到里间的镜前迅速地化了个淡妆，一边照竹原所说去设想两人现在是初次见面，却又实在无法这样设想。

然而两人来到旅馆最深处的偏屋，且又并无多少不安，大概仍然因为是老相识，因为这里是熟悉的旅馆吧。

竹原所在的外间传来煤气炉的气味。

隔着竹庭，矢木也曾来过对面的房间——波子想起这事，似乎是为了平息自己与竹原一起时的不安。

在矢木来这旅馆之后的一段短时间里，波子一面为负罪的恐惧所追逐，身体却又同时燃起欲望，而如今这些都已结束。

想到这，波子的脸红了。她重又打开粉盒，再施浓妆。

"让你久等了。"波子回到竹原身边，"煤气味一直传到里面房间了。"

竹原看着波子的妆容说：

"漂亮了……"

"因为你希望像初次见面，所以……"波子嫣然一笑，"我还想接着先前的话问你呢。"

"关于深沉的往事……我的意思是：如果咱俩是初次见面，我会不会更加无所顾忌地要把你夺过来？"

波子低着头，感到自己内心在剧烈起伏。

"而且我也为以前没能跟你结婚而懊恼。"

"对不起。"

"别这么说。我已经不再悔恨和生气，相反，你跟别人结婚二十多年后咱们还能这样见面，便让我觉得往事深沉……"

"往事深沉，这话你说过多少遍了？"

波子抬眼看他。

"也许是往昔的岁月使我成了一个守旧的道德家吧。"竹原说罢重又思忖，"感情并未从深沉的往事中消失，而是流水不断，一直约束着我。我们都已结婚，而且这样的见面看似不幸，其实也许是一种幸福呢。"

此时波子才重新意识到竹原也是已婚之身。竹原的婚姻也许不同于波子的婚姻，竹原也许不想让自己的家庭受到搅扰。

抑或竹原也对自己的婚姻感到幻灭，又害怕与波子的出轨导致幻灭的到来？

波子似乎只有接受竹原的抛弃了，但以竹原话里的意思，即使他俩没有过去的一段往事而是初次见面，他好像仍会爱她，这话似又救了此时的波子。

"打扰一下,"女侍进来说,"风挺大,我把雨窗拉上吧。"

这偏屋没有玻璃窗。

女侍关雨窗的瞬间,波子看见庭院里的矮竹在摇曳,叶子也被吹得翻了面。

"天快黑了。"竹原双肘支在桌上,"我的话让你难过了?"

波子微微点头。

"我没想到。可你跟我在一起时经常会突发恐惧吧?"

"我告诉过你已经不怕了。"

"每当看到你害怕,我就揪心,像是醒悟到了不该这样……"

"我却意识到这或许是爱情的迸发呢。"

"爱情的迸发?"

竹原像是在细品这话的味道。

波子的身体似在颤抖,就像迸发的爱情此时又贯穿她全身。她满脸羞容,娇不胜支。

"也就是说,情况恰恰相反。既然如此,你就应该理解我说此话时的心情。想想吧,从前我让你跟别的男人结了婚,尽管是你结婚而不是我让你结婚,但从我的立场出发,也可以说是我让你结婚,因为我没有去争夺你,只是在旁观望……我过于尊重你,而且缺乏让你幸福的自信。这虽是年轻男人易犯的错误,但错误业已酿成,经过了这

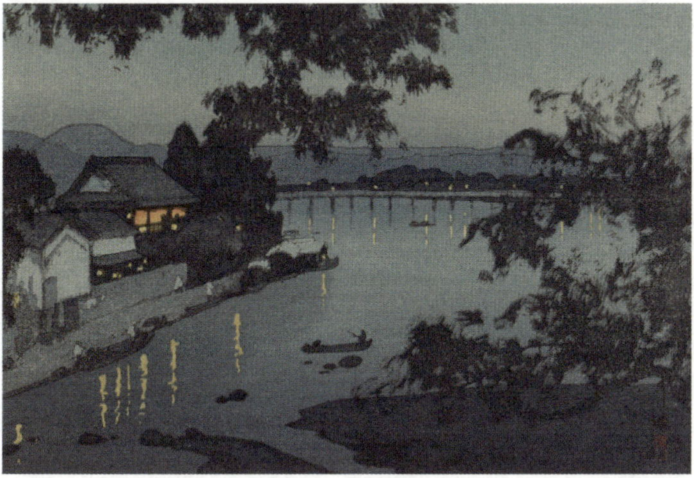

段深沉的往事，我也已能够看到光明……我在其他问题上都不会这样胆小、卑怯，但居然一直会觉得自己可以在暗中呵护你。"

"我知道你在呵护着我。"

波子顺从地回答。她有一种犹豫的感觉：自己的心扉已经半开，但即使全开，竹原也未必愿意进来。

"奇怪，咱俩这样坐着，我会觉得自己曾经跟你结过婚。"

"啊……"

"这种亲密感已经沁入我的身心了吧。"

波子以眼神表示同感。

"还是因为那段深沉的往事呀。"

"我犯错的往事？"

"未必如此，只因我们相互难忘……是去年的事吧，你来信给我，信上写了和泉式部[1]的和歌。"

"你还记得？"

那首歌是波子在《和泉式部集》中找到的：

一个情思绵，却是相逢难，
一个相见不相思，问孰方足称佳缘。

---

[1] 和泉式部（987—1048），日本平安时期的女诗人。

"那首歌过于较真了……"

"可是你说要跟矢木分手,却已过了二十年。婚姻真是件可怕的东西。"

波子的脸色变了,觉得竹原的言外之意是她还生了两个孩子。

"你是在欺负我吧?"

"你觉得我在欺负你吗?"

"我现在裸着身子在发抖,哪里还有任何闲心。倒是你还有闲心去回望深沉的往事。"

波子总怀疑竹原在戏弄她,让她感觉到了两人心灵的距离。

竹原可能在等着波子哭出来,等着波子投向他的怀抱,所以波子不能哭,也不能靠过去,然而看着竹原的那番从容,波子又越发焦灼难受。

恋人已说自己裸着身子在发抖,为何不抱抱她?

然而波子仍未失去分寸。

今天与竹原见面是有实实在在的事情,要商量卖房子建排练场的问题,竹原也来看了老房子的地块,然后准备在附近的幸田屋吃饭。

况且竹原有妻子,波子也还没跟矢木离婚。

波子也从没认为在熟识的旅馆里会犯过错。

然而波子大概不会拒绝竹原的,她觉得自己已是随时随地都会任由竹原安排了。

"你说我有闲心?"

竹原反问道。

吃完饭削苹果皮时,教堂的钟声响了。

"六点了。"钟响时波子停下了手中的水果刀,"入夜风就停了。"

她把削好的苹果放在竹原面前。

"我应该去见矢木吧?"

竹原这话让波子觉得意外,她问:

"为什么?"

"无论建排练场或是与矢木分手,都不是你自己能够解决的吧?"

"不,我不愿意……别去见他……"波子摇头,"我自己做。"

"没关系。我作为波子的老朋友见他……"

"那也不行。"

"你是需要有代理人的,我觉得事情难办,但又想去摸摸他的底细。看他会怎样出手。"

"矢木若固执己见……"

"哦?北镰仓的房子归在谁名下?"

"父亲过户给我了,一直没变。"

"没有趁你不知道时重新过户吗?"

"矢木吗？不至于吧……"

"慎重起见，还是查一下吧，因为我不了解矢木这个人……不过我想过，或许有一天我会为了波子而跟矢木对决的，但现在是不是对决的时候，我还没有得到波子的确认……"

"确认？"

"你问过我为什么不劝你与矢木分开。真的可以分开了吗？"

"已经分开了呀。"

波子被引出了这句话，却又立刻羞红了脸。

竹原像是突然反应过来似的回应道：

"但我今天还是要回家的……"

波子轻轻地摇了摇低垂着的头。

竹原屏息静气地沉默了一会儿，然后说：

"我是想作为波子的朋友去见矢木，若是作为情人，那就没法说话了。"

波子抬头盯着竹原。

一对大眼已经湿润。

竹原起身走来抱着波子的肩。

波子像要推开竹原，手刚碰到竹原的臂，指尖便突然颤抖，然后便听凭那似已失去知觉的手柔柔地落在男人的手上。

竹原回去了，波子却还留在幸田屋。

"我不能一人回去，要叫品子一起回家。"

波子说完便打电话到大泉研究所，品子还在那里。

"我要等品子来吗？"

竹原问道。波子略作思忖后说：

"今天就别见了……"

"我连品子也不能见吗？"

竹原笑着，体恤地看着波子。

把竹原送到玄关，目送他的车开出，波子突然生出追上去的念头。

为何不和竹原一起离开这里呢？

波子觉得自己已不能再回矢木身边，但似也忘了为竹原回家而不解。

一人在屋里待不下去，波子便听女侍的建议去了旅馆的澡堂。

"深沉的往事……"

重复着竹原的话，波子泡在热水中唯一的感觉却是往事都已消逝。纵使自己是个年轻姑娘，触碰矢木的手时的那种愉悦，与年过四十的今天好像也不会有任何差别。她闭上眼，想象着自己像个年轻姑娘一样被他静静地抱在怀中时的情景。

"您家小姐到了。"

女侍前来通报。

"是吗？我马上上来，让她在屋里等着。"

品子穿着大衣坐在暖炉前地上。

"妈妈……我以为怎么了，过来一看，知道您在洗澡，这才放心了。"说着抬头看波子，"您一个人？"

"不，竹原刚才也在。"

"哦……他回去了？"

"我给你打了电话之后就……"

"当时他还在？"品子狐疑地问，"您只说让我来，就把电话挂了，所以我才担心的。"

"我跟他商量建排练场的事，还请他看了地块。"

"啊。"品子表情轻松地说，"您看来精神不错，我也想去看看。"

"咱们住下，明天去看吧。"

"住在这里？"

"本来没打算住的，但……"波子支支吾吾，"妈妈一人回去觉得难受，想叫你一起……"

"妈妈不愿一人回家？"

品子轻声反问，说完却紧锁眉头，目光严肃。

"与其说不愿，不如说是难受，觉得不能原谅……"

"爸爸不能原谅您？"

"不，我自己……"

"啊？您不能原谅爸爸？"

"怎么说呢？也许是不能原谅自己吧？但妈妈弄不清

自己是否真的不能原谅……所谓自责，其实好像是在给自己找理由。"

品子若有所思地说：

"以后妈妈到东京的时候，我都陪您一起回家。"

"倒好像妈妈是孩子了。"波子笑着说，"品子。"

"我没想到妈妈回家会觉得难受。"

"品子，妈妈也许要跟爸爸分手了。"

品子点头，强抑心中的骚动。

"品子你怎么想？"

"我很难过，但早有思想准备，所以也不那么意外。"

"妈妈不太了解你爸爸这个人，一直不了解，不了解却又在一起，这样的日子该结束了吧。"

"难道不能再去了解吗？"

"不了解呀。与不了解的人在一起，结果对自己也不了解了。妈妈跟你爸爸那样的人结婚，或许有点像跟自己的幽灵结婚呢。"

"我和高男都是幽灵的孩子？"

"不是这样。孩子是活生生的孩子，是神的孩子。你爸爸不是说了吗：妈妈若像现在这样与他离心离德，品子和高男或许就不应出生的。幽灵这个词，难道不适用于我们吗？人的一生也许就是在不断的自我欺骗中度过，但如此下去，妈妈就会变成幽灵的。可是，即使要跟你爸爸分手，也不仅是两人之间的事，还跟你们姐弟有关系呢。"

"我无所谓，可是高男……他想去夏威夷，所以还是等他离开日本再……"

"是吗？那就等等吧。"

"但爸爸一定不会放过妈妈吧——我是这么想的。"

"妈妈好像也一直挺折磨爸爸的。爸爸跟妈妈结婚是出于他父母的意志，我觉得他是在努力贯彻这种意志。"

"您是因为爱着竹原而这么想的吧？"

"妈妈爱着别人而要跟爸爸分手，作为女儿，我难以接受。爸爸曾经问我：你认为妈妈应该继续与竹原交往吗？我当时回答我认为应该。之所以如此回答，是因为觉得爸爸的问法太残酷了。高男则说自己不想被问到这样的问题——他毕竟是个男人呀。"品子的声音低了下去，"竹原固然不错，可是……我也并非想不到会这样……但是我认可妈妈的爱情，让我觉得自己也入了魔界。所谓魔界，大概就是凭借坚强的意志而生存的世界吧。"

"品子……"

"妈妈跟竹原见面，把我叫来，我因此已经能够理解您。今后即便我与您不在一起，仍会想起今晚被您叫来的事。"品子眼中含泪，她难以启齿问母亲跟竹原在一起时是否仍感孤寂，"您为何叫我来？"

波子一时难以回答。

或许是为了排遣与竹原一起时迫近自己的那种感觉，

于是给品子打了电话吧？

波子不愿与竹原马上分手，不愿马上回家，那种相依相偎的愉悦中却又有着一种难忍的伤感，让她觉得难以自持，所以才把品子叫来的吧？

设若竹原紧抱波子不放，波子或许就不会想起品子了。

"我想跟你一起回去。"

波子只能这样回答。

"那就回家吧。"

到东京站时，横须贺线的列车刚刚开出，她俩又等了二十分钟。

她们坐在月台的长凳上。

"即便跟爸爸分手，您也不会跟竹原结婚。"

品子说。

"是的……"

波子点头。

"咱俩一起生活，您也尽管跳舞……"

"是呀。"

"可是我觉得爸爸不会放开妈妈的，高男也许会去夏威夷，但爸爸的出国大概只是空话。"

波子默默地望着对面月台上火车的启动。

火车开走后就可看到八重洲口方向的街灯，品子突然想起似的说起了在波子的排练场与野津的谈话。

"我拒绝了,但是跟他跳舞归跳舞。"

第二天是星期天,波子下午在自家有舞蹈课。

午饭后女佣来报:

"竹原先生来了。"

"竹原君……"矢木严肃地看着波子,"竹原君来干吗?"然后又转向女佣,"告诉他:太太不想见他。"

"是。"

品子和高男都很紧张。

"这样行吗?"矢木对波子说,"要见就去外面见,那样岂不更自由?哪有觍着脸皮跑到别人家里的?"

"爸爸,我觉得这不是妈妈的自由。"高男结结巴巴地说,手在膝上发抖,喉结在细细的颈子上跳动。

"哼,你妈妈只要还记得自己的行为,应该就不自由了吧。"

矢木话中带刺。

女佣又回来说:

"客人说不是要见太太,而是想见老爷。"

"见我?"矢木又看着波子,"如果要见我,那就更要回绝了,我没事要见竹原君,况且也没约好今天见面。"

"是。"

"我去说。"

高男迅速地拢了拢长发,向玄关走去。

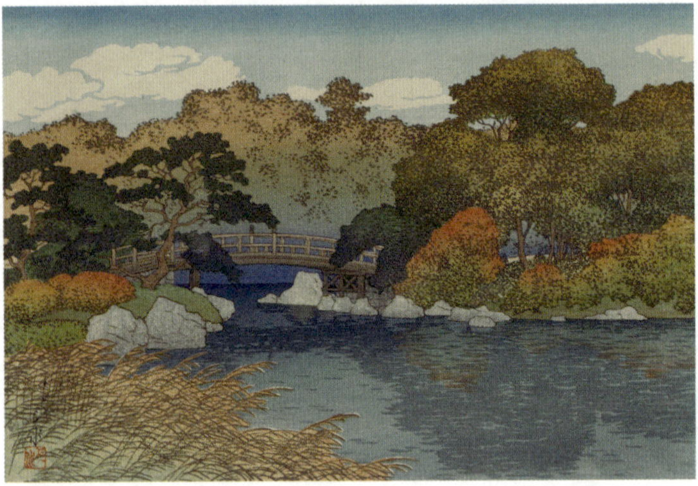

院里几乎只有梅树，大都栽在远离房子的山边，檐前只有一两株。

品子所住偏屋的近廊处种有瑞香树，仔细一看，挂着饱满的花苞，不知梅花怎样了？

母亲的呼吸声似乎都能听得到，这让品子心中发堵，像是要叫出声来。她正准备出门，穿着套装，这时下意识地去解衣服纽扣。

高男带着响亮的脚步声进来。

"他回去了，要去学校见您。我说爸爸今天有课。"

说着盘腿坐下。

矢木问高男：

"他说有什么事？"

"不知道，我只是让他回去了。"

波子的身子被捆住似的一动不动。随着竹原脚步声的远去，她觉得矢木的目光在逼近，昨天她没想到竹原今天就会来。

品子悄悄看了看手表，默默地站了起来，因为已做了出门的准备，于是便匆匆离家。

电车半小时一班，所以竹原此时定在车站。

竹原低着头在北镰仓站长长的月台上来回踱步。

"竹原先生。"

品子在木栅栏外叫道。

"啊。"

竹原惊讶地站了下来。

"我这就过去,电车还得有会儿。"

品子在小路上疾步而来,竹原也从轨道对面的月台向检票口方向走去。

可是品子在竹原面前站下后却没话说了,面孔通红,身体僵硬。

她手里拎着装有排练服和舞鞋的袋子。

竹原似乎知道品子追来是找他有事的,却说:

"去东京吗?"

"是的。"

竹原不看品子,边走边说:

"我刚才去你家了,你知道吧?"

"是的。"

"想见你父亲的……但没见着。"

上行方向的电车来了,竹原让品子先上车,然后对面而坐。

"能给你母亲带个口信吗,就说名义还是变了……"

"好的。名义……什么名义?"

"你这样说,她就明白了。"竹原脱口而出,转念又说,"你也总会明白的:房子户主的名义。我就是想来跟你父亲谈这些事的。"

"啊?"

"你是向着妈妈的吧？不管什么事……你母亲的人生还在未来，你的人生也在未来，一样的。"

电车到了大船站。

"我在这里下车了。"

品子突然想起似的站起身来。

开往伊东方向的湘南线电车与他俩乘坐的电车交错进站了。

品子盯着那车看，然后纵身跳上车，心中的起伏立刻平静下来。

刚才竹原来到玄关，父亲和母亲坐在客厅时那种令人窒息的气氛使品子无法忍耐。她感受到母亲的心情，仿佛要从痛苦中迸出血来。

品子因此而出来追竹原，但见到竹原时首先涌上的却是令人窘迫的羞耻感，虽想替母亲传达些什么，却又不知如何表达。

不知自己为何而来，无地自容的品子便在大船下了车。

跳上湘南线电车也是她的一念之差，但一想到是去会香山，她又自然地平静下来。

到了大矶附近，品子漠然地听着伤残军人在用发泄不平的语调募捐。

"各位请别给伤残军人捐赠，募捐是被禁止的……"

传来另一个声音，车厢门口站着售票员。

伤残军人停止演说，从品子的旁边走过时带着金属的脚步声，白衣中伸出的一只手也是金属的骨架。

品子在伊东站换乘东海巴士的一号线，到下田还需三个多小时，途中就该天黑了。

关于《舞姬》的解说

小说《舞姬》的登场人物以母女芭蕾舞者波子和品子为中心,此外还有波子的丈夫矢木,品子的弟弟高男,波子的旧恋人竹原,波子的学生友子,品子所爱的那位从未在小说中正式登场的男人香山,高男的男友松坂,品子的舞伴野津以及波子和品子的经纪人沼田等人。

小说是否意欲展开这些人物间的错综复杂关系呢?答案是绝非如此。他们都是孤独的,任何人都不具备力量对另一人之命运做决定性的改变。作者着力描写的是矢木与波子间那种斯特林堡[1]式可怕的夫妻关系,而矢木尽管无异于恶魔,却也是无力的。该小说中出现的善神也罢,美神也罢,恶魔也罢,全都被用意周到地配置了各种各样的无力感。

作者似乎故意省略了登场人物摆脱无力感或沉醉于自己反抗力的瞬间场面。波子是一位过气的舞姬,已放弃舞台之梦;品子是一位尚未有成的未来舞姬,但小说中只有

---

1 斯特林堡(1849—1912),瑞典作家、戏剧家。

她们旁观他人舞台的描写,却没有描写她们升华自我之力的舞台,而皇居护城河中那条白鲤的身影则游弋于全篇,似在兆示不祥的主题。

"别看了。你竟会让这种东西吸引,不像话。"

这是波子久久凝视鲤鱼时竹原对她说的话。一个女人把恋人丢在一旁,却只顾呆看给人不祥之感的白鲤,这无疑要让竹原感到不安。其实这鲤鱼是某种美的虚无象征,一旦看到它,各种人际关系的端绪便遭封闭。

波子宛如能乐中的女主角,被描绘得优婉、凄切。她对生活所抱梦想日渐崩塌,却又不像包法利夫人那样灵魂中始终燃烧着不满,从某种意义上说,她更加我行我素,更懂如何带着罪恶、悲哀和绝望去享乐。

读了这部小说之后,我觉得川端先生写作小说时具有一种独特的现实主义态度。作者用自己的眼去观察人生,不管人生如何,视点总是不变。以这样的立场去写,当可简称为"小说之现实主义"。无论浪漫派的奈瓦尔[1]还是心理主义的普鲁斯特[2],相较自然主义现实派的二流作家,从某种意义来说都是更加透彻的现实主义者。

---

1 奈瓦尔(1808—1855),法国作家。
2 普鲁斯特(1871—1922),法国作家。

川端先生的文章平易而不观念化，初看甚至好似为妇幼而写，但他那种张弛有度、屡屡猝然中止的文体，其底部却隐着坚实的岩盘。"我就是这样看的"——作者的这种诠释遍布他的作品，无缘的读者常有隔靴搔痒之感，大概也缘于作者是一位忠实于自己的现实主义者吧。

强使登场人物与作者的现实主义结合并设法使其显得合情合理，作者在这方面更是一位微妙的现实主义者。试举一例：小说开头作者对波子与竹原约会地点做了绵密的观察：电车道旁的悬铃木行道树有的树叶已大致落尽，有的却绿叶尚存，相互夹杂在一起。这种既纯粹客观又纯粹内在的观察，作为幽会恋人眼中的风景是不自然的，正当读者心生狐疑时，下一行文字又立即强使读者接受：

竹原想起了波子所说的"连树木都命运各异"。

写鲤鱼时也用了这种手法，在大段关于鲤鱼的描写后，作者让竹原说："别看了，你竟会让这种东西吸引，不像话。"这些描写与竹原的话相辅相成，有助于表现波子的性格。这种手法也可谓小说的倒叙法，以后注代替伏笔，渐渐增加小说的景深。与此同时，这整一大段幽会场面的描写又成为一个重大的伏笔：在幽会的高潮时这对恋人的注意力却被悬铃木和鲤鱼吸引，便让人有了一种预感——他俩关系的结局将是无果而终。

如果在此将川端先生的现实主义戏称为"隔靴搔痒的现实主义",那么这种隔靴搔痒最成功的当数矢木,而最失败的则是竹原。循规蹈矩、优柔寡断的情人竹原无论从哪方面看都缺乏魅力,属于矢木所说的"平凡的俗人",只不过是波子心中的"虚幻的人物",而矢木则以一种异样的现实感活在现实之中。

矢木是个怯懦的和平主义者,胆小的反战论者,逃避现实的古典爱好家,原先是妻子的家庭教师,后来一直寄生于妻子。他始终体现着母亲执着的企图,瞒着妻子存钱,计划着让儿子躲到夏威夷的大学,自己躲到美国去。他把妻子的房子偷偷过户到自己名下。而这个男人一辈子不搞外遇,以一种昆虫学家似的好奇心只爱妻子一人,并在孩子面前责难妻子的精神出轨。他是个真正令人齿冷的男人。

小说把波子放在前面,矢木作为后景,这种手法是成功的。波子那种不断袭来的恐惧(甚至为此而昏厥!),被某种无形之物纠缠的不安,还有那种希望摆脱却又摆脱无望的焦躁——所有这些凭借对于矢木的"隔靴搔痒的现实主义"式的描写,无不带有一种异样的现实感。设若以分析式的手法来写矢木,波子的不安则难成立,即使成立,恐怕也会失去现实性。

矢木在子女面前责难他们的母亲,子女则各自表示反抗,这个对话场面是一种典型的悲剧高潮,令人联想到古典剧的末场戏。但具有讽刺意味的是:这种家庭悲剧之所以可能发生，是因为战败后，日本式家庭渐渐崩坏的过程已进入尾声，这个家庭则是其体现。这种伴随日本的民主化而发生的普遍现象在《舞姬》全篇中有着极为微妙精致的描写，而这个特殊的家庭更对这种崩坏起了加速、助推的作用。这个家庭的崩坏也有其自身内在的因素，这些因素倒毋宁说与时代并无关系，这种悲剧到达顶点时，各人开始正面冲突，终于形成了一个并非由爱情而是由厌恶结合起来的家庭之完美典型。这真可谓一部反讽式的家庭小说。

写到这里时，小说的主题"入佛界易，入魔界难"这句可怕的话才开始登场。

矢木悯笑热衷芭蕾的母女多愁善感，波子、品子也确实不是可以借助舞蹈进入魔界的天才。不管矢木对此如何评说，他自己其实也十分欠缺进入魔界成为那里住民的资格，因为正如波子所说："所谓魔界，大概就是凭借坚强意志而生存的世界。"矢木也是无力的。

矢木到底是怎样的人呢？

作者借波子之口说矢木是个完全让人看不懂的人物，而矢木是否仅属于那种无力的"冷眼旁观的恶魔"呢？矢木对波子那种看似忠诚不渝的爱情中有着一种观察者的异次元的爱的方式，波子之所以长期以来未能抗拒矢木，也许是因为受着这种非人的爱情的咒缚，变身为湖边的白天鹅了。

登场人物的所有无力让人觉得都来自矢木的无力，受到矢木的无力之咒缚。作品的末尾以品子投奔香山来暗示这种咒缚已被冲开缺口,但矢木何以如此无力,以我武断之见,是否可以把他看作小说家笔下的象征,他的无力难道不就是来自于对于一切人类行为的超越?以这种观点看来,小说《舞姬》中,热衷于芭蕾这种艺术行为的女人正是因此成为石女,难逃蔑视一切行为的男人之支配,作者似乎在波子与矢木之间,也就是说在艺术家和艺术家的生活之间,更极端点说是在艺术与生活之间暗藏了分裂的阴影,而这分裂的两者之间将永远为敌。

与通常观念相反,川端先生无疑是一位对女性不抱任何幻想的作家,对波子的写法便暗示了这点,没有一本小说写得如此不持女性立场,不对女性抱任何梦想。福楼拜在愚蠢的包法利夫人身上寄托了自己未酬的理想,川端先生则毫无寄托,这也正是我称之为现实主义者的缘由。

对于川端先生来说何谓永恒之美,容我说句一定会被别人讥为自以为是的话,那或许就是美少年吧?尽管在书中仅稍有着墨,高男的男友松坂却如一道电闪,呈现一种希腊 Ephebe(年龄介于少年与青年之间的男性)式的不祥妖美,其中既有《东洋的圣少年》中沙羯罗的面影,也有《山音》[1]中菊慈的能面[2]面影。

三岛由纪夫

---

1 《东洋的圣少年》和《山音》均为川端康成作品。
2 能面,日本传统戏剧艺术"能"剧所用的面具。

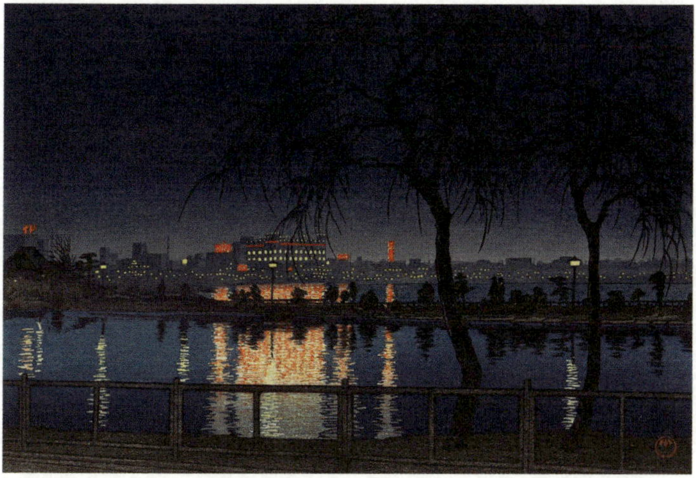

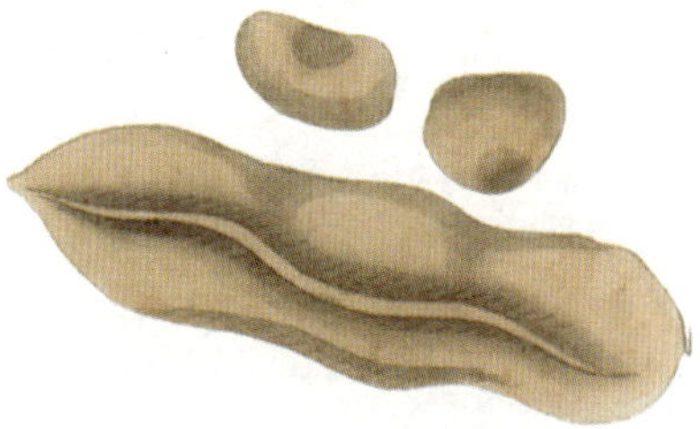

图书在版编目（CIP）数据

舞姬：插图版/（日）川端康成著；竺祖慈译．——成都：四川人民出版社，2023.1（2023.3重印）
（雪国·舞姬：川端康成经典名作集）
ISBN 978-7-220-12816-5

Ⅰ．①舞… Ⅱ．①川… ②竺… Ⅲ．①中篇小说—小说集—日本—现代②短篇小说—小说集—日本—现代 Ⅳ．①I313.45

中国版本图书馆CIP数据核字(2022)第177060号

WUJI
舞姬

著　　者	［日］川端康成
译　　者	竺祖慈
筹划出版	后浪出版咨询(北京)有限责任公司
出版统筹	吴兴元
编辑统筹	尚　飞
特约编辑	许凯南　俞延澜　陈怡萍
责任编辑	任学敏
装帧制造	墨白空间·Yichen
出版发行	四川人民出版社（成都三色路238号）
网　　址	http://www.scpph.com
E - mail	scrmcbs@sina.com
印　　刷	天津图文方嘉印刷有限公司
成品尺寸	130mm×185mm
印　　张	7.625
字　　数	135千
版　　次	2023年1月第1版
印　　次	2023年3月第2次
书　　号	978-7-220-12816-5
定　　价	248.00元（全五册）

投诉信箱：copyright@hinabook.com　fawu@hinabook.com
未经许可，不得以任何方式复制或者抄袭本书部分或全部内容
本书若有印、装质量问题，请与本公司联系调换，电话010-64072833